风尘里

海飞 著

作家出版社

明万历二十八年，东宫之位一直悬而未决。皇长子朱常洛与皇三子朱常洵均已成年，按大明律法，当立长子朱常洛为太子，但万历帝却更宠爱自己与郑贵妃所生的皇三子，欲立朱常洵为太子。文武大臣各有心机，分别支持皇长子和皇三子，闹得朝廷上下乌烟瘴气。此时，辽东努尔哈赤已统一建州女真，对中原大地虎视眈眈。日本方面，已经实现国内统一的太阁丰臣秀吉之前连年征战朝鲜，试图借路直逼大明。丰臣秀吉死后，德川家康控制了日本大部分势力，为稳固摇摇欲坠的政权，他们派出使团与明朝议和。但丰臣秀吉的残余力量却对此耿耿于怀，他们依旧对明朝虎视眈眈……

第一章

1

在寒冷得如同一片月色的刀光闪现以前，更夫小铜锣打了一个绵长细腻的酒嗝，正好对着一堵生机盎然的城墙撒下一泡泡沫丰富的急尿。事实上，万历年间的春风已经开始激荡，小铜锣感觉四肢灵光通透得不行，好像那是欢乐坊的掌柜——爱笑的无恙姑娘——刚刚送给他的。无恙身边有个小妹叫春小九，光脚跳舞总是能跳得令人窒息。春小九一边跳舞一边卖酒，但她从老家运来的海半仙同山烧酒一天只卖一坛。一坛酒卖完了，你给再多的通宝和银子也无济于事。她脆生生的声音在欢乐坊里回荡，"不卖"。

小铜锣这天显然是被欢乐坊里的同山烧给烧得连骨头都轻了，他还不知道夜色里一把清水一样的刀子正在热烈地等待他。他只看见路旁那些影影绰绰的树，新鲜的桃心和柳尖正在这个季节里蠢蠢欲动，于是他觉得内心也豪情万丈地痒了起来。小铜锣突然看到一群从黑夜里蹦出来的萤火虫正围着他手提的灯笼没完没了地飞舞。这些午夜的飞虫，仿佛是无恙姑娘存心让它们一路跟踪过来的。它们睁着仿佛不存在的眼睛，正争先恐后着要认清顺天府派发的灯笼中那个打更的"更"字。

如果不是因为风尘里的街区内有个欢乐坊，鬼才相信初春这样的时节也会有萤火虫。

顺天府灯笼里的烛火释放出红得有点儿怪异的光线，它们与看上去很忙碌的萤火虫缠绕在一起。这时候，小铜锣转过头来，猛然看见一个名叫朱棍的酒鬼被两个年轻的飞鱼服一拳砸向了半空，又变戏法一样地踢来踢去，如同一只刚从酒缸里捞起的散发着酒气的木酒瓢。小铜锣有点儿不敢相信，他揉了揉眼睛，看见倒霉的朱棍已经被两名锦衣卫很干脆地塞进了一只黑色的口袋里，袋口扎得死紧。飞鱼服那把威风凛凛的绣春刀在胯间晃来荡去，小铜锣悲哀地想，估计自己这辈子是再也见不到喜欢吹牛的朱棍了。

身着飞鱼服的锦衣卫扛着口袋里的朱棍，任凭他在袋里面朝着各个方向挣扎。他们看见路边正在撒尿的小铜锣抖成一团的样子，扔下口袋无声地笑了，说，夜里少出来，免得鬼打墙。

小铜锣这回抖得更厉害了，所有的手脚变成了不像是自己的。从不远处射来的那四道阴冷的目光，他一辈子都难以忘记。他听见自己发出的声音也打着飘，他说大人，小的是在风尘里这一带打更的。

打更的还去欢乐坊？真会凑热闹。

大人是怎么知道我去了欢乐坊的？

是你这龟儿子的尿告诉我的。我闻到了舞娘春小九的脂粉缠住高粱酒的气息。无恙姑娘的生意真不错……但你最好少去。

飞鱼服目光浅浅地抽出腰间那把修长的绣春刀，开始非常仔细地削起一只萝卜的鲜皮。然后他嘴巴一张，响亮而生动地咬下了一大口萝卜。他看上去是那样地喜爱生吃萝卜，嘎嘣嘎嘣的声音让人觉得大明这个朝代也显得清脆无比。然后他在这凉薄的长夜里深情地笑了，因为他看见小铜锣没有撒完的尿已经滴到了裤裆里。他说，龟儿子，酒壮尿人胆，看来你连尿人都不如。

小铜锣在那堵矮墙边毫无主见地站了很久，一直等到飞鱼服手中那截萝卜变得越来越短，空气中粗暴散开来的萝卜气息终于令他痛苦又反胃。

留不留？小铜锣听见另外一个飞鱼服问询的声音。吃萝卜的锦衣卫翻起萝卜片一样的白眼。他的声音被塞在嘴里的萝卜修改得含糊不清。他说，不留！

　　小铜锣随即听见绣春刀走出刀鞘的声音，飞快得几乎就要追赶上前面的一阵夜风，锵啷一声。

　　刀光一闪，小铜锣直挺挺倒在了地上。无恙姑娘释放出的那群萤火虫全都惊呆了，它们在离去的两名锦衣卫身后围着小铜锣的尸体一连转了好几圈，这才沮丧地飞了回去。

2

进了京城，沿着城市的中轴线一直往北，骑马奔出西侧的德胜门，又过了十五尺宽的护城河，就到了传说中的风尘里。此时你再回首去仰望那三十尺高的城墙，蓦然觉得京城近在眼前，却又远在天边。因为出了城墙就等于出了京城，几乎就是五城兵马司的三不管地带。你尽管放开胆去想，李成梁将军那支总是虚报名额吃空饷的辽东镇守军已经离你不远，甚至还可以包括那个窝囊的朝鲜。

可是你要记住一点，风尘里这条街只属于黑夜。每天的三更时分，就在走出打更楼的小铜锣急忙敲出的梆声里，暗夜的最深处就会传来三声清脆的鞭响。伴随着三声叫喊，一敬日月天地，二敬列祖列宗，三敬国运财运齐亨通，静默蛰伏在暗夜里的欢乐坊便准时开张了。那时候，一整片的风尘里就像绽放在夜空中的烟火，在京城的眼皮底下举起了又一个销魂的深夜。

京城有句悄悄话：风尘里中有个欢乐坊，喧闹赛过官营妓院教坊司。

可是欢乐坊只有酒，卖的只是醉。你只要识相，就别想动掌柜的无恙姑娘和舞娘春小九一个手指头。否则五更时分，又是三声谁也分不清是来自何处的鞭响，醉烘烘的人群消散后，打烊的欢乐坊门前就会多出一具无名的尸首。它被踩踏成柿饼一样，掩埋它的只有不知道是谁翻吐出的夜酒。

小铜锣不会忘记，每年的春日三月三和秋日九月九，打扮得异常美丽的春小九就会准时出现在外城的右安门外。春小九身后，是六六三十六辆满载着海半仙同山烧的锦辔马车。城墙上头彩旗猎猎，而城墙下的舞娘春小九就像一株喜悦的高粱，她总是出现在头一辆马车的前首。城卫举手示意车轮停下时，远远地，春小九就脚尖发力。如同一只碧绿色的蚂蚱，她一个凌空翻跃，嘣的一声就落在了城卫眯成一条缝的眼前。

官爷，还记得去年的小九吗？小九给京城的爷们儿送酒来了。春小九双手抱拳，声音芳香地说，大明王朝千秋万载！

和海半仙同山烧酒一样，春小九一身红玉玛瑙般的美艳身躯同样产自浙江诸暨。这一路上的千里万里，也让七十二匹宝通快马阅尽了人间的繁华与色彩。马蹄嘚嘚中，江南江北都竞相飘荡起海半仙醉人如初恋般的酒香。虽然在漫长的京杭大运河以及繁忙的官道上，春小九从不舍得让它洒落哪怕是一滴。所有的酒缸和酒液只有一个去处，那就是欢乐坊宽阔得像城堡一样的地下酒窖。

此后的半年里，欢乐坊里的同山烧便格外珍惜着卖，一天只出一坛。据说欢乐坊有个笑话，哪怕是沉浸在皇家西苑豹房里玩各种动物的万历皇帝移步来到这里，卖酒的规矩也照样还是雷打不动。他们说这么多年，欢乐坊稳扎得如同一头粗壮的大象。

春小九浩浩荡荡的马车队伍踩踏在京城的地界上。由外城到内城，过了宣武门便可隐隐听见妙应寺的钟声，绕出了崇国寺的香火就是不远处的积水潭。更夫小铜锣那年亲眼看见，崇国寺的住持早早就站立在寺院镏金的牌匾下，阳光好像对他格外青睐，让他身披一轮深秋的金黄，像一棵长寿的银杏树那样，口中不断念念有词。小铜锣后来终于想明白，满是心眼的住持这是抢先一步，吸进胸腔的酒香足够他享受一整年。小铜锣那次提着手中刚刚修补好的打更的铜锣，冷不丁敲了一槌，然后他看见住持缓慢地转过身来，满脸幸福地说，北京城打更的声音，就数你的最动听。

难道你没有发现，我今天早打了两个时辰？

小铜锣说完，发现那块镏金的牌匾下，住持金黄色的身影已经不见了。

小铜锣那天站在夕阳的余晖里冥思苦想了很久，他觉得崇国寺的住持真是轻飘，这家伙怎么就像一片落地无声的银杏叶？他巴不得自己也能提起脚步，顷刻间飞身抓住一枚刚刚离开枝头的银杏叶子。然后他看见春小九的马车上，无恙姑娘胸前挂着一串安静的碧靛子。无恙露出半张脸，对他妩媚地笑了一下。他这才知道，无恙原来也一直坐在马车上，而且她还说，小铜锣，晚上要不要来欢乐坊吃酒？

小铜锣笑呵呵地望着跑出去很远的马车，很长时间里都觉得自己很有面子。

3

小铜锣那天晚上其实并没有被锦衣卫杀死，那把明晃晃的绣春刀不过是吓吓他而已。倒在地上被吓晕过去后，小铜锣是被夜风冻醒的，嘴里溢出一口酒香，他那时恍惚又听见了三声鞭响，然后就有一声苍茫的嗓音像爆炸一般响起：收灯！

只是一瞬间，小铜锣眼里花红柳绿的彩灯便渐次熄灭，风尘里交错的暗街重新归于海水般的寂静，好像之前它浪头一样的喧嚣从来就没有出现过。这时候，小铜锣没敢忘记，一把抓起地上的铜锣和梆子，并且准确地敲出一长四短的几声锣响：咚——咚！咚！咚！咚！然后他从初春潮湿的泥地上站起，如同跟风尘里有仇似的，扯直了脖子叫喊：早睡早起，保重身体！

时辰已经到了五更。

小铜锣再次跌坐到春天的街面上，他抹了一把冻成草纸一样粗粝的脸，怅然凝望天边那颗孤独的长庚星，恍惚感觉自己刚刚是被黑夜吐了出来。蒙了很久以后，他开始记起两个时辰以前的事情⋯⋯

就在那间热气腾腾的欢乐坊里，他记得无恙姑娘的一双赤脚麻利地奔腾在结实的木板楼梯上，她胸前挂着的那串碧靛子，就那样有恃无恐地晃来荡去。无恙怀中抱着一坛海半仙，仿佛山坡上的一只兔子那样蹿过来蹿过去。这天也是小铜锣发工钱的日子，他盯着无恙姑娘那双生动的脚，穿越过拥挤的人群时额头上涨满了汗珠，然后他提着那只永远都用麻线穿着挂在胸前的缺口木碗，在柜台上十分骄傲地打了一碗同山烧酒。

小铜锣喝下第一口酒的时候，就有人开始起哄，他们在取笑无恙姑娘，说她终于说出心里钟爱的男人原来是一个名叫田小七的鬼脚遁师。据说田小七来无影去无踪，专门帮人越狱劫狱，收取的佣金高得能吓死一头牛。小铜锣躲在角落里扑哧一声笑了，浪费掉了这个夜晚的第二口酒。他看见无恙姑娘满脸羞红，张手盖住自己的脸，说，老娘说都说了，你们怎么这么讨厌，把人家当笑话。然后那个名叫朱棍的酒鬼就吹了一声响亮的口哨，他挽起袖子，像猴子那样伸长了手臂说，无恙姑娘你等于喜欢护城河早晨里的一团水汽，田小七他根本就不存在。无恙顿时就不开心了，她毫不怜惜刚打起的一碗酒，直接浇在了朱棍的脸上。她说，朱棍你给我滚，你欠欢乐坊的酒钱一辈子都还不清，老娘今天不稀罕了。朱棍张开的嘴即刻被冻住了，很久以后才小心翼翼地合上。他不知道该怎么抹去脸上那些发烫的酒。

朱棍的确是一个令人讨厌的恶棍。此前小铜锣看见朱棍的屁股坐在一把高高的椅子上，他唾沫横飞地一边吹牛一边喝酒。小铜锣不是不知道，朱棍欠了一屁股的赌债以及风流情债，至少有十五个年纪不同的女子带着短刀在京城的各个角落里搜寻他。无恙姑娘的那本牛皮账本里，也记满了朱棍欠下欢乐坊的酒钱。但朱棍这天还是喷着借来的酒气在吹着海水一样的牛皮，他说他见过朝鲜名将李舜臣，并且同他吃过三次酒。朱棍跷起拇指说，李舜臣将军知道吧？全罗左道水军节度使。他那铁甲龟船，长，十余丈，宽，一丈余。让那些不识相的矮种倭寇闻风丧胆。鸣梁海战，知道吧？那叫一个稀里哗啦。还有，我朱棍，那天跟李将军吃酒，李将军掏出怀里的《孙子兵法》，佩服地说了五个字。

哪五个字？人群焦急地问。

大明天朝，威武！朱棍跷起拇指说。

朱棍就这样被人群围在中间，得意扬扬的样子像是一提腿就能从欢乐坊里飞出去。他甚至在小铜锣的屁股上踢了一脚，说，姓小的，去替我打一壶酒。不然我让李将军把你抓去，发配到朝鲜打仗。

小铜锣于是像一个令人厌恶的孙子，灰溜溜地挤进人群里，去帮朱棍打酒。无恙姑娘很不耐烦地靠在柜台上，她打了一壶酒给小铜锣，斜着眼睛说，除了会打更，你还会打什么呀？

我还会打酒。

劝你少替他打酒，免得找不到北。无恙眼光迷离地望着台上赤脚跳舞的春小九，小铜锣觉得，她会不会是在思念着从未谋面的田小七？

回去给朱棍送酒的路上，小铜锣一眼就瞥见了吊儿郎当的甘左严。甘左严浓密的胡子挂满了酒沫，正在努力地撑起那双醉眼，然后他一拍桌面大喊一声，我请所有人喝酒，账记到我头上。欢乐坊里再次人声鼎沸，所有人都恨不得醉死在这里。他们举起拳头，纷纷跟着甘左严叫喊起：春风激荡，四季无恙。春风激荡，四季无恙。

无恙又笑了，她在柜台里慢吞吞地挺直身子，指着甘左严道，姓甘的，花头精就数你最多。拍再多的马屁，也别想让老娘少收你一文酒钱。我们家小九，还等着办嫁妆呢。

无恙话没说完，欢乐坊的乐曲声毫无征兆地激昂了起来。来自云南的乐师摇头晃脑地拍响了皮鼓，春小九的舞蹈瞬间跳得跟疯了似的。春小九最后摇了一次手上的铃铛，突然就像一只绣球那样从台板上弹跳下来，一下落在了甘左严的怀里。甘左严张开手臂，胡乱地揽住春小九落下来的细腰，他看见热气腾腾的春小九如同刚出笼的馒头。春小九仰着一张拧得出水来的脸，夺过甘左严的银酒壶，将它喝得一滴不剩。她听见甘左严说，你就像我老家一只碧绿的蚂蚱。

春小九笑了，躺在甘左严的怀里说，你老家是在哪里？

是在我爹的梦里。

梦又在哪里？

在我娘生前的怀里。

甘左严像背一首诗，他给自己又倒了一壶酒，听见春小九梦境一样地说，娶我。

我不能娶。甘左严说。

那我们一起住到南麂去，那是一座小岛，岛上有好多石头做的房子。

我不能娶，也不能去。甘左严看见那碗酒照出自己潮湿的眼，然后他扶着桌腿，抱着春小九摇晃着滚落到了地上。他说，春小九你听我说，南麂岛的石头缝里挤不出一滴酒，只有欢乐坊能把我每天都灌醉。

在甘左严喷出的酒气里，春小九闻到一个男人携着漫天风雪远去的味道，差点儿就把她的眼泪给熏了出来。

但是甘左严却是小铜锣最不想见到的男人。所以小铜锣在心里骂了一句，他妈的都是假的。然后他打着沮丧的酒嗝步履蹒跚地离开欢乐坊，望见北斗星正清冷而孤独地镶嵌在天幕上时，觉得欢乐坊里的一切都是梦境一样的虚无缥缈。他摆开架势伸展了一回四肢，顿时感觉所有的手脚都是无羞姑娘刚刚送给他的。他想人这一辈子很短的，必须要把每一天都过得快活无比，胜过那个令人仰慕的田小七。

田小七是朝廷通缉多年的要犯，可是小铜锣知道，负责追捕他的锦衣卫千户程青却至今没有机会见过他的脸。连续几个月，程青都脱了飞鱼服来到欢乐坊，他知道这里是京城所有隐秘情报的集散地和交易处。来欢乐坊的第三天，无羞在柜台里用手掌撑住下巴，对程青说，新来的，你的俸禄够我们欢乐坊的酒钱吗？无羞说完，宽大的袖子很及时地滑落下来，这让程青头一回见识了欢乐坊粉嫩又芳香的手臂。但程青的眼里燃起一团火，他想越过被酒打湿的柜台，一把锁住这女人的喉管。可是无羞姑娘还是笑了，她说，官爷别急，要想买到情报，你得降降火。又说，我刚给你算过了，你一个正千户，每月的薪俸是八两银子。可是皇上还有个账本，他算计着给你打个七折，外加一些香粉和胡椒来冲抵。

程青顿时无助了，他盯着柜台上的钱箱子，看见又有一把银子被无恙扔了进去，那差不多是他两个月的薪俸。他想不到无恙竟然对自己的身份和来意了如指掌，所以只好扯开嘴皮牵强地笑了，并且说，我来对了地方。

无恙一掌拍落在柜台上，溅起了桌面上的两滴酒，她胸前的那串碧靛子又晃荡起来。无恙指着程青的脸说，有眼光！

程青于是想明白了无恙之前说过的：掌柜的掌柜的，就是敢于一掌拍在柜台上的。

接下去的日子，小铜锣知道程青依旧隔三岔五地光临欢乐坊。有那么几次，程青看见一帮客人抓着一摞刚从街面上撕下的通缉令，争抢着羊毫笔要勾画田小七的头像。可是令小铜锣和程青都哭笑不得的是，他们竟然把田小七画得有五匹马那么高。程青摇摇头，他想要果真是这样，田小七帮人越狱时挖的地道还不得能走过一条船？

客人们开始层出不穷地奇思妙想，他们说田小七是在家中排行老七。但很快就有人反对，说田小七不可能是一个人，他们去监狱里捞人，要价这么高，或许总共要供应七张嘴。而那个曾经给程青当过一阵子线人的朱棍却吹大了牛皮说，你们知道的就是一个屁，实话告诉你，田小七就是一个卖田七的，他身上有晒干的田七粉的味儿。

　　小铜锣想到这里时，开心地打了一个芳香四溢的酒嗝，然后突然想释放一下自己。对着那堵墙壁，他想起程青最近已经好久不见了，难道他懒得抓捕田小七了？还有，等打完了这一天的更，自己得回去把剩下的工钱交给吉祥院的嬷嬷马候炮。马候炮是一个已经开始迅速苍老的女人，她将小铜锣和他所有的兄弟都给一起拉扯大了。可是奇怪的是，她的嗓音至今还是非常响亮，简直能震下吉祥院屋顶的两片泥瓦。这时候，他一转头见到朱棍被两名锦衣卫装进了口袋里……

4

　　两天后。礼部郎中郑国仲府。已经很久没有看见京城飘飞细雨的郎中正陷入忧伤。郑国仲有个习惯，喜欢在下坠落入天井的雨点中想所有的事。似乎只有这样，他才能将朝廷内外令人伤神又忧虑的细节给全部串联起来。

　　就在刚才，那个走路舍不得发出一丁点儿声响的家丁给他送来了一份刑部快报的密抄件。里头虽然只有三言两语，但郑国仲的目光却无法忽略类似于四川播州杨应龙、福建海通帮以及京城满月教这样的字眼。最近，南方和西域各地都有雪片一样的奏函呈交给内阁，所有的消息都可以总结为几个字：乱匪不绝。看似平静的王朝其实处处布满着暗礁，郑国仲很多时候也实在无法分辨，能够危及桅杆的大风究竟会起于哪一片铜钱一样的青萍。往往是在这样的时候，他会陷入常人无法理解的孤独无援。仿佛是在独自掌舵，漂泊在京城外辽阔的洋面上。

郑国仲随意把玩着手中的一把蒙古短刀，但站起身子时，他忍不住转过刀尖，将它插在了那份密件的纸片上。宽厚的桌板忍痛呻吟了一声，郑国仲缓缓转头，盯着家丁彷徨的眼。家丁那件宽大的粗布长袍看上去就是胡乱披在身上的麻袋。他说，病夫，你的舌头最近好点儿了吗？

叫作病夫的家丁把腰深深地弯下，他的嗓子有点儿沙哑，说，小的舌头昨天还像一缕麻布，但今天似乎能尝出淮北橘子的酸味。

那是枳子。郑国仲说。

哦。我记错了，应该是淮南的。病夫有点儿自作主张地笑了。他说，我刚才在心里掐算了一下，程青这回去福建已经九天了，可是至今没有消息。

加上出城的那个夜晚，今天应该是第十天。郑国仲像是在自言自语，他望向窗外那片竹林，低垂的夜色不免让他猜测，难道是南方的一场大雨耽搁了程青的行程？再这么下去，他该怎么跟锦衣卫指挥使骆思恭去交代？这次福建之行，他对谁都给瞒下了，除了幕后那个他必须对其负责的人。那是郑国仲一生最大的秘密。

郑府里那只娇贵的夜莺这时从议事房的窗格前飞了过去，它飞翔的路线忽上忽下，仿佛将它托起的是一片起伏的海浪。夜莺洒下一缕清脆的啼叫，让人想起宫廷乐师调教多年的一把直笛。郑国仲于是抛开那些思虑，猛吸了一口清凉的夜气，他想，京城里没有了程青的这么多天，那个幽灵一样的田小七是不是就可以放开手脚了？

　　病夫看出了郑国仲的心思，他知道主人在等一个人。更加准确地说，其实是两个人。

　　此时，皇城的正门也即承天门里，就在千步廊的西侧，毗邻五军都督府的锦衣卫北镇抚司诏狱外，也有着同样宽广的夜色。巡城的官兵可能靠在墙头打了一个瞌睡，他们并没有发现，一辆马车就在这时穿透黑夜，狂奔出十来丈开外后就突然砰的一声爆炸了开来。官兵们猛地醒来，看见那辆马车在巨大的爆裂声中被高高扬起，像是上元节里绽放在空中的一堆烟火，它们七零八落地砸下，顷刻间散成一块块来历不明的碎片。

　　那显然是一匹从义州大康堡马市上购得的良马，有着辽东女真部落马群的优良血统。但它现在躺在春天的泥土上浑身抽搐，脖子上挂满了黏稠的血。它瞪大一只左眼，试图再次凝望一回北斗七星，好在心中记得那个遥远的故乡——辽东。但在火药弥漫的硫黄气味中，它觉得那些热血已经无可挽回，就快要和时间一起流光了。聆听着自己沉重又远去的心跳声，它开始后悔起三天前的大康堡马市里，自己竟然会答应，让那个粗犷的汉人从木桩上解下缰绳将自己给牵走。而现在，它终于看见了一群纷至沓来的锦衣卫，他们穿着皂靴，正踩出密集的步点，向自己神情慌张地移动过来。那样子好像是要确定它是否还能支起身子，然后像一阵风一般地奔跑出去。

几乎是在相同的时间里，关在诏狱死囚牢房里的朱棍听见自己的脚下也发生了一次爆炸，显然这声音几乎被外头的巨响给掩盖了。朱棍吓了一跳，他原本正在做一个和十八岁姑娘有关的春梦，但同时发生的两起爆炸却把这场好梦给活生生地掐断了。

牢房的地面被炸出一个酒缸那么大的洞，朱棍看见两个男人从地洞中钻了出来。站在后面的那个拍拍身上的尘土，皱起眉头说，枪枪，这么简单的地方找我鬼脚遁师来捞人，你说这是不是在坏我的名声？

叫作土拔枪枪的男子捏了一把鼻子，声音有点儿干瘪：管那么多干吗？银子就是名声，钱多不压身。

低矮的土拔枪枪差不多有一只肥胖的白鹅那么高，头上沾满了因爆炸飘飞下的稻草。他提着一把几乎跟他一样高的铁锹，眼睛一动不动地望着朱棍说，兄弟，确定一下，你是不是叫朱棍？恶棍的棍。

朱棍颓丧得像一堆扔在墙角的烂泥，他用虚弱的目光望着土拔枪枪身后的那个男人，吐出一句话说，姓小的，怎么会是你？那人也叹了一口气，转过头去说，我也希望不是我，我巴不得你一直躺在那天夜里的那只口袋里。这时候，土拔枪枪举起铁锹一把挥落在了朱棍的腰上。他说，姓朱的恶棍，记住了，他现在不姓小，姓田。他叫田小七。土拔枪枪就长那么高，一般情况下，他最多只能敲打到成年人的腰上。朱棍惨然地笑了，他说，小铜锣你身上怎么没有田七味儿，可是现在你插翅难逃，从来就没有人能从这里逃出去的先例。小铜锣腼腆地笑了，他说，其实我就是先例，走！朱棍觉得小铜锣是敲响了一面打更的锣，这个冷飕飕的春天好像只有欢乐坊的同山烧才是真实的。要不然，孙子一样的小铜锣怎么会瞬间就成了闻名京城的鬼脚遁师田小七？

朱棍在土拔枪枪的搀扶下走向洞口时，听见牢房外传来一阵脚步声。透过威风凛凛的铁杆子，他看见两个穿着巡检军服的九品武官正摇摇晃晃地向这边走来。他们正在跟一名狱卒聊天，拍着手中的文卷说，我们要带这个姓朱的恶棍去调查。朱棍想，该来的还是要来的，自己之前将到手的情报四处贩卖，给了东家又给了西家，现在人在牢里，买主们就谁都不愿意看见他多活一天。但自己总还是有价值的，比如说小铜锣或者说田小七的买主现在就很想把他弄出牢狱去。

朱棍回头时，发现田小七和土拔枪枪已经消失了，就连之前的那个洞口也已经恢复如初。朱棍恶狠狠地掐了一下大腿，他怀疑梦一般的这段日子一定是见鬼了。

事实上，小铜锣此刻就在朱棍脚下的地洞里。他正在土拔枪枪的帮助下飞快地给自己换上飞鱼服。透过一条筷子那么粗的缝隙，他看见两名巡检走到朱棍面前，和朱棍亲切地交谈起类似于大明朝的税收的话题，以及京城里最近经常会遇见的沙尘暴。朱棍一声不吭地向后退缩，然后他走到墙角，退无可退时，突然就脸色大变，迎着巡检伸过去抓他的手大声喊着救命。两名巡检显得很不耐烦，他们收起文卷，一把架起嗷嗷叫唤的朱棍，像拖着一只山猪那样直接向外走去。

地底下的土拔枪枪就在这时候冲天而出，他举起的铁锹重重地拍落了下去。因为飞跃得很高，所以铁锹这一回砸在了巡检的后脑上。两名巡检转头，弓着腰身和土拔枪枪扭成了一团，他们粗重的呼吸中好像有大蒜的气味，这让田小七的胃很不舒服。他把双手盘在胸前，考虑着上蹿下跳的土拔枪枪该如何把两名巡检打翻在地上。在他们终于就要被土拔枪枪的铁锹拍死之前，田小七的笑容慢慢地收了起来，他看见一名巡检纵身跃起，双腿张开，像一把巨大的剪刀那样，直接剪向了土拔枪枪的脖子。可是土拔枪枪矮壮的身子几乎就找不到脖子，所以有那么一刻，出乎意料的巡检停留在空中显得惊慌失措。他后来落下的双腿猛地用力时，田小七就听见土拔枪枪浑圆的脑袋随即发出咯吱咯吱的声音，而且土拔枪枪的双眼也翻出死鱼一样的眼白。

这时候另一名巡检抓住机会，正要一脚踹向土拔枪枪那颗长相怪异的头颅时，土拔枪枪竟然整个人贴着地面，很没有理由地倒立了起来。然后他一个回转翻身，将用双腿绞缠着自己的巡检一把给甩了出去。土拔枪枪很恼火，他的铁锹迅速挥了出去，连着拍了十几下。沉闷的声响过后，田小七看见两名巡检就像两条委屈的蛇，一起被拍死在了这一天的泥地上。

忙碌过后的土拔枪枪望着依旧无所事事的田小七，扔下铁锹愤然说，姓小的，为什么不救我？

你能应付得了，田小七仰头说，自己的事情自己解决。

你这话也有道理。土拔枪枪看着地上被自己捶打扭曲的铁锹，觉得有点儿可惜，所以他想了一下说，买主那边给的银子，你得先刨下一笔给我买铁锹。我决定了，要去风尘里豆腐店隔壁的老王家打铁铺，那里的铁锹货真价实。

这样吧，土拔枪枪又果断地说，先买两把。

田小七没有工夫去听土拔枪枪的那些啰里吧嗦，他转身问道，姓朱的恶棍，你没死吧？还走不走？

目瞪口呆的朱棍此时如同一只灰色羽毛的鹅。刚才的肉搏厮杀，加上土拔枪枪最后的那几下铁锹，让他想起一个名叫武松的外地人，那人在《水浒传》里打老虎。他张了张嘴，正想问田小七你是要带我去哪里时，田小七却突然朝他嘴里拍进了一颗药丸。朱棍的喉结滚动了一下，那粒药丸便顺着紧张的喉咙滑进了他的胃里。他顿时感觉有了使不完的力气，想起了林冲在雪夜横冲直撞的奔突，他挺直身子说，走！

此时，田小七望着窗外的夜色突然有一点儿无措，他估计自己今天是要错过风尘里三更时辰的打更了，他有点儿想念无恙姑娘的萤火虫。就在朱棍被锦衣卫装进口袋的第二天，无恙姑娘曾经在欢乐坊的柜台里向小铜锣抱怨，说自己养的萤火虫在前一天夜里瘫倒在地上四只。小铜锣那时晃荡起胸前那只用麻线穿起的木碗，他说你觉得会不会是被风尘里五更时分的鞭响给震死的？听到这话，无恙姑娘就陷入了沉思，好像她又思念起了从未谋面的田小七。

田小七让朱棍将那团臭得令人作呕的衣裳扔进了洞里，他带着土拔枪枪和朱棍重新跳进敞开的洞口后，只是一瞬间，地面便迅速平复了，像是一道自动痊愈的伤口。

　　地洞是土拔枪枪前天夜里开始挖的，连接了下水道。

　　土拔枪枪对京城所有的地下都怀有浓厚的兴趣。因为只有在地洞里，他才会显得不那么矮小，身手也能灵活得赛过一只地鼠。

　　在一片漆黑的地道中奔跑，田小七听见身边两人粗重的呼吸声。无边无际的黑暗里，他的双眼却越来越亮堂，越来越深长，目光几乎穿透了很多年的时光。他仿佛看到福建的一片海滩，一条属于日本丰臣秀吉家族的木制军船就停泊在海边，他和他曾经的水师战友们正同那些贸然闯入的日本侦察兵缠斗在一起。他十分清楚地记得，刚才巡检使用的剪刀腿和当时日本兵的必杀技——滚龙绞如出一辙。想到这里时，田小七的耳朵里便灌满了风声以及翻滚的海浪声，在那场小规模的遭遇战中，他最亲密的战友陈丑牛就是被日本兵的滚龙绞绞翻在地，然后一把鸟枪迅速顶在了陈丑牛的头上。

　　陈丑牛那时单腿跪地，他可能是一时蒙住了。只是拔出一把刀的工夫，陈丑牛就疯子一样对着束手无策的田小七叫喊：杀啊杀啊，不用管我，小铜锣你杀啊！田小七醒了过来，含着泪突然纵身扑了过去，但就在他手起刀落砍开对方的脖子时，那名日本兵也扣动了手中的扳机。一声汹涌的枪响，盖过了记忆中所有的海浪。田小七看见陈丑牛的脑浆喷溅了出来，像是海底一团怎么也捞不上船的海带。

如果不是因为甘左严的失职，田小七觉得陈丑牛或许现在还在自家的菜地里种植着朝天椒。陈丑牛每次行军时身边都带着三样菜：生辣椒、腌辣椒以及辣椒酱。所有这些辣椒，每次都让田小七和甘左严辣得泪流满面。就连流出的泪也是辣的。

福建海滩一战，在田小七的脑海里一浪高过一浪。现在他在地洞里脚步如飞，狂奔进了由土拔枪枪指定方向的下水道里。他知道，此时牢狱看守一定已经发现了那两名九品武官的尸体以及朱棍越狱的事实。头顶石壁中滴落的水声中，他听见锦衣卫在地道上方勇猛的脚步声。他们或许已经奔跑得如同一盆泼出去的水。

在钻出下水道的那一刻，田小七站定，听见最后一滴凝结的水珠从石壁上方坠落的声音。清凉，饱满，而且落地清脆。

田小七在起风的夜色中站立了片刻，他看见一团墨黑的云层正从南边翻滚了过来，似乎还夹杂着隐隐的雷声。他晃了晃因为追忆滚龙绞而变得晕乎乎的脑袋，终于分辨出东边是在自己左手的方向，那也是他要带朱棍去的方向。

在朱棍即将变得短暂的记忆里，那天他跟在田小七的身后，忽然就有一辆马车突兀地停在了他们身前，仿佛是从院墙里钻出来的。他看到田小七掀开帘子，抬腿第一个跃上了马车。

　　帘子在土拔枪枪上车后放了下来，朱棍回头看见车里安稳地坐着一个白净的男人，那人正在认真地给自己编织着一条辫子，头也不抬地说，来了？

　　朱棍后来知道，前面驾车的那个男人叫刘一刀。而车厢里看上去唇红齿白，把一条辫子编了拆拆了编的男人好像是叫唐胭脂。他还有一个古怪的名字叫妹妹。

　　因为所有的要道被封锁，到处都晃荡着锦衣卫举着火把或灯笼的影子，所以那天的马车弯弯曲曲地绕了很远。朱棍后来在车厢里听见刘一刀在向田小七要买马的钱。刘一刀说那匹马已经咽气了，加上炸成碎片的车厢，他总共花了十五两银子，一钱都不能少。然后朱棍又听到土拔枪枪像是在自言自语地说，两把铁锹，明天得早点儿买。

　　这是一辆奇怪的马车。朱棍从帘子的缝隙里看见，车子静悄悄地过了会同南馆也就是乌马驿，然后就拐到了唐神仙胡同。他噘起嘴冷笑一声，说，我明察秋毫，小铜锣你今天的买主是姓郑。

　　唐胭脂依然认真地编织着那条生机勃勃的辫子。他用随随便便的一只耳朵就能听见，那天朱棍咬着田小七的耳根，神神秘秘地说着一些声音细小的话语。他不由皱起了精致的眉头，觉得朱棍真是恶心，怎么可以同田小七靠得这么近？然后田小七的脸如临大敌般地阴沉了下来，那是唐胭脂在田小七的眼里从未见过的焦虑。

朱棍把所有的细若蚊蚋的话都说完，扭开脖子得意地笑了。他像是胸有成竹，轻声说，我就猜到了，救我就是救他自己。

田小七感觉整个肠胃都不舒服了起来，他捧起肚子，有点儿想吐。

5

病夫拖着他沉沉的身体，再次走进郑国仲宽敞明亮的议事房。他后来像一棵春天的桑树一样飘逸地站定了。从案几上的一堆案牍中，郑国仲抬起了头，他用一双三角眼盯着病夫看了一会儿，猛然拔出桌板上的那把蒙古短刀。然后，他阴郁的眼神迅速穿过了天井，说，你想说什么？

两件事向您禀报。刚才有一辆马车走进胡同了。听车轮的声音，我觉得上面应该坐了有四五个人。病夫说完，又自作主张地笑了。他说马车现在走得很慢，我估计他们很快就会停在咱家院子的门口。

郑国仲将那把短刀缓慢地送进刀鞘，他觉得自己等了一个通宵的结果终于还是要来了。就在半个时辰前，他已经听病夫说起，胡同外的街道上跑过一群慌张的飞鱼服，是北镇抚司那边出事了，一匹健壮的马被炸得七窍喷血。另外一件事情是什么？郑国仲问。主人，外头下雨了，雨点还不小。病夫想了想，又说，我得去把夜莺给叫回来。

6

田小七麻利地带着朱棍出现在礼部郎中郑国仲的府前时，那扇打开的朱漆大门仿佛已等候他多时，而唐神仙胡同外三更时分的梆子声则正好敲响在田小七跨进郑府门槛的时候。

郑国仲站在半明半暗的光线里一言不发，清瘦的身躯像深夜里喝足了雨水的竹子，滋润而蓬勃。他实在没有想到，此时站在自己眼前的竟然会是小铜锣。这么多年过去了，再次遇见这张脸，他多少还是有点儿无措。

原来你还姓田。郑国仲散淡地说，你隐藏得比墙洞里的壁虎还深。然后他回头看了一眼朱棍，不免有点儿扫兴，觉得他那副自作聪明的样子根本就是愚蠢透顶。

郑国仲当初派人在京城的民间情报中心欢乐坊发出求助信号，满城寻找擅长劫狱的鬼脚遁师田小七。他知道欢乐坊掌柜无恙姑娘喜欢用飞舞的萤火虫组成的密码传递消息，而春小九也会在跳舞的时候手脚并用告诉买家他想要知道的情报。春小九跳舞跳得那么卖力，弹性很好的木板下撑着一堆酒缸，四周又架了几十个红漆羊皮的大锣鼓，酒缸和锣鼓都标了数字。春小九的密码本是《牡丹亭》的唱本，她脚尖触在哪个酒缸上就代表是哪一页，然后手中扬起的两根木棒捶打在哪两个鼓上就分别对应哪一行和第几个字。

那天在欢乐坊，小铜锣抚摸着那只珍爱的木碗的缺口，很快就译出了有人要买田小七救出诏狱中的朱棍，并且送往唐神仙胡同里的一个院子。走出欢乐坊时，他很奇怪朱棍的命怎么那么好，竟然有人愿意出那么高的价钱，抵得上锦衣卫总旗三年零五个月的俸银。而就在刚才，在一场下注二十两纹银的赌局中，当骰子落定酒碗掀开时，一个名叫郝富贵的赌鬼怎么也不相信自己还是押错了。郝富贵满脸沮丧地对赌局的赢家柳章台说，对不住，我其实没银子了，用手抵债。说完，郝富贵转身向柜台里的无恙借来一把戚家长刀，只见他大吼一声，刀光劈下时，一条手臂就被他利落地卸了下来。那一刻，见多识广的柳章台顿时也愣住了，他看见郝富贵的血像白花花的碎银一样从肩头喷了出来，那只手的几个手指还在地上发抖。柳章台掏出一片锦帕，擦去溅在脸上的血珠，皱着眉说，郝富贵你太血腥了。应该把手给留着，不然接下去还怎么赌？

现在，郑国仲在田小七面前慢慢拉开桌上托盘中的一块锦绸，一堆璀璨耀眼的金子便显露了出来，足足有一百两。金子的旁边，是一块特制的锦衣卫镏金令牌，加刻了七颗北斗星。郑国仲安静地看着田小七，他后来慢慢露出湖水一样平静的笑容，轻声说，既然你有本事救出朱棍，那就有资格选。二选一，你选！

田小七不由得笑出声来，他缓慢地伸出一只手掌，稳妥地盖住那块闪亮得刺痛他双眼的镏金令牌。他没想到郑国仲竟然如此豪爽，给出的黄金高出了当初约定的佣金，简直能买下郝富贵的二十条手臂。

郑国仲转头望着天井中落下的雨。他愿意相信，此时的福建沿海，打在锦衣卫千户大人程青头顶的雨点，应该像一把胡乱洒下的珍珠。

田小七却也碰巧想起了程青，他觉得自己作为一名长期被程千户缉捕的要犯，此时却突然就要变成他的同事，这听起来是一件荒唐又愉悦的事情，简直就是一个笑话。所以他盯着郑国仲说，郑大人，我很想把日子过成一段笑话。

郑国仲依旧望着天井中连成无数条线的雨，听见田小七又说，这么多年了，你不是一直觉得我就是个笑话吗？

田小七把话说完时，却发现朱棍的双眼突然变得无比惊慌，他抓挠着自己的脖子，眼珠狰狞，身子慢慢跪了下去。朱棍最后露出一抹诡异的笑容，口吐白沫说，田小七，你干的好事，你这哪是救人？越救越死。然后朱棍扑倒在地上瞬间死去，挤爆的眼珠如同一只死去的金鱼的眼睛。

田小七望着不动声色的郑国仲，恍然地说，原来救和没救都一样，这个短命鬼必须死。你给的那颗说是补体力的药丸，分明就是毒药。

郑国仲没有看田小七，只是转头叹了一口气，轻声说，这都是病夫干的好事。

病夫从屏风后悄无声息地飘移了出来。他的手指白净而修长，脸上没有一丝血色。他轻轻翻了翻朱棍的眼皮，认真地对田小七说，走得那么快，算是他的造化。这药丸叫"揪心"，要是换成了"揪肠"，这厮巴不得将自己一头撞死。

病夫的指头和舌尖触碰过世间上千种的毒药，他羞涩地笑了一下，说，田小七我知道你，你就是鬼脚遁师，之前一共救出过七个被打入死牢的囚徒，从未失手。

是九个，田小七认真地纠正他。有一个是女囚，她肚里怀着一对双胞胎。

病夫哧的一声又笑了，他说我顶喜欢有本事的。哪怕它只是一只安静的猫。

病夫说完，拖着绵软的双腿，和他的长袍一起退回到了屏风后，像是地上一摊被收回去的水。郑国仲对田小七说，他是个有病的人。

病在哪里？

是舌头，病得不轻，没有药。

7

那天郑国仲让病夫温了一壶酒，他觉得细密的倒春寒像行走在夜里的一条满腹心事的蛇。这是他和田小七第一次对饮，仰起脖子将酒喝下的时候，一些锈迹斑斑的往事不免就浮了上来，那是一段属于少年时期的记忆。田小七不会忘记，比自己年长的郑国仲曾经是和万历皇帝朱翊钧关系尤为亲密的少年。据说在紫禁城的御书房里，郑国仲常有机会和朱翊钧一起聆听授课，他们每天都要朗诵《大学》十遍，然后再接着读《尚书》。而负责给他们每日午讲的，则是郑国仲的父亲郑太傅。有那么一次，严厉的首辅张居正对摇头晃脑的郑太傅以及瞌睡不止的朱翊钧很不满意，他命一旁的宦官捧来太祖朱元璋的《皇陵碑》，让朱翊钧好好反思太祖是以怎样的心情回望过去的贫困和艰辛。当着郑家父子的面，朱翊钧那天以泪洗面，对着像父皇一样看管他的张居正痛哭流涕。

而在郑国仲的眼里，小铜锣那时尚未发育的身体就像一棵病蔫的豆苗。虽然他知道，自己的义妹郑云锦经常是这棵豆苗在孤寂时分的梦里最期待的相遇。那时的郑云锦还是一个豆蔻年华的少女，在三保老爹胡同，一家赌馆突然发生的一场大火里，她带着小铜锣逃了出来。

田小七也同样记得，那天在涌进赌馆的阳光里，一个丑陋的异乡人使劲咬着手里的萝卜，然后那个比他大了两岁的姐姐就凑到他跟前静悄悄地说，我最讨厌的就是呛味的生萝卜。田小七的耳根愉悦又酥痒，他记得自己快活地笑了，干净的嗓音说出一句，郑姐姐，今天开始，我同你一起讨厌萝卜。可是等他说完，便看见赌馆的伙房里冒出一阵浓烟，蹿出的火苗随后将那个午后燃烧得惊心动魄。田小七后来才知道，恶意纵火的就是那个咬着萝卜的燕城人，他不仅赌光家财还押上了自己的妻女，最终他决定要报复这家在骰子里动了手脚的赌馆。

此后，郑云锦便成了田小七心中梦幻一般的存在。但没过多久，事实上深爱着郑云锦的郑国仲就成了挡在两人之间的一堵会行走的墙，这堵墙总是能准确地将两人给阻隔开来。而到了现在，多少年过去后，郑云锦已经是万历皇帝朱翊钧最为宠爱的郑贵妃，礼部郎中郑国仲也就理所当然地成了国舅爷，并且一如既往地深得万历皇帝的信任。

在和郑国仲漫长的吃酒时光里，田小七终于知道，坐在自己对面的不仅仅是礼部郎中，实际上他还在万历皇帝的默许下，正在组建一支特殊的锦衣卫组织——北斗门。而那个奉命缉捕他许多年的锦衣卫千户程青，另一个隐秘的身份，也正是北斗门的成员之一。

郑国仲的眼里掠过一丝令人窒息的秘而不宣，就连锦衣卫指挥使骆思恭都不知道有个秘密的北斗门。郑国仲这天跟田小七讲得最多的一句便是，天可以塌，但皇上不能倒。皇上倒了，国家社稷也就倒了。

郑国仲扶住桌上那个并不摇晃的酒杯，他给田小七讲了一个真实的故事。他说他暗中派遣程青带领着锦衣卫的十人小分队前去福建，迎接来自日本德川幕府的议和使团，但程青却在抵达福建境内后失去了音讯。

郑国仲迟缓地笑了。他望着雨点一滴一滴落下，对着天井说，程青一定是遇到了不测。他需要援手。越早越好。

田小七终于明白，从北镇抚司解救出声名狼藉的三流线人朱棍，其实不过是郑国仲对他的一次召唤和考试。他并且得知，自作聪明的朱棍已经让锦衣卫和东厂双方都无地自容，他们花钱买到的都是同样的情报，所以朱棍面前只有死路一条。

而事实上，当朱棍在马车上说出一句令田小七后背发凉的话时，田小七就巴不得他赶紧去死。不然，就会有更多的人相继死去。田小七想到这里时，终于听清了郑国仲的计划。郑国仲说，你得尽早前往福建，查询程青和日本使团的下落，将他们带回京城。

你的福建之行同样也是一个秘密。切忌大张旗鼓。

田小七和郑国仲一直把酒吃到雨过天晴。清晨到来时，田小七望着窗外竹林中一抹跳动的天光，十分清醒地说，郑大人，你好像一点儿也不急。

因为急并没有用。

郑国仲吃下的最后一口酒已经是冰凉的，他像是若有所思地说，救出朱棍来这里的路上，他有没有跟你说过什么？

田小七感觉竹林中的天光突然暗了下去，但他还是皱紧眉头说，这个短命鬼，他心里想的还是第二天夜里要去欢乐坊喝个痛快。他说他在诏狱里梦见舞娘春小九亲了他一口。

郑国仲冷笑了一声，说，我想他是梦见了死去的杜丽娘。田小七知道，郑国仲之所以这么说，指的是春小九的《牡丹亭》密码本。但他不能确定，眼前的郎中大人是否真就相信了自己信口编织的谎言。

这时候，田小七看见一个血肉模糊的人跌跌撞撞地闯入到门口的空地上，他被两个下人架到了郑国仲的面前。郑国仲望着来人飞鱼服上那层厚厚的风干的血浆，说，果真是遇袭了。快说，在什么地方？

那人扑倒在郑国仲脚边，只说出一句并不完整的话：使团接到，月镇……回头看了一眼躺在地上的马，然后整个身子疲倦地倒下。那匹马口吐白沫，已累死了过去，两只慌乱的眼却并没有闭上，仿佛是要再看一回这无比陌生的京城。

许多下人纷纷向这边奔来。郑国仲蹲在死者身边，轻轻合上他的眼皮。那套脏兮兮的飞鱼服，破败得如同一页撕烂的账本，他对田小七说，这人名叫关英，是程青的副手。

天井中的水汽在阳光下迅速升腾，那排鹅卵石上，一片绿得发慌的青苔正冒着逼人的生机。现在报信的关英已经死去，迎接使团的锦衣卫小分队又在月镇遇袭下落不明，田小七觉得所有的秘密都成了一坛深封的酒。

关英被拖下去的时候，两名下人迅速跪下，擦拭去所有的污垢和痕迹，仿佛他根本就没有来过。郑国仲说，田小七你可以准备出发了。这时候，病夫托着一盘银子，无声地出现在田小七的面前。郑国仲望着天井中那团氤氲的水汽，说，记住了，我们只缺人，不缺钱。银子你不用省。

我可以带多少人？

那辆马车上剩下的所有人，连你一共四个。病夫说。

8

那天上午，刘一刀和土拔枪枪各牵了两匹马，他们站在郑府院子里已经等了很久。唐胭脂看见田小七抱着一袋银子从门廊里走了出来。田小七说，上马！

四匹快马各自长啸一声，顷刻间消失在了唐神仙胡同。

田小七那时并不知道，没有送他出门的郑国仲始终坐在议事房里，他一直聆听着马蹄声走远，然后才起身问病夫：今天还有哪些事？

我想跟主人说说甘左严，从情报上分析，他现在也在月镇。

病夫替郑国仲披上一件棉袍，又说，那里就快要挤成一锅粥了。

9

此刻，马候炮正枯坐在吉祥孤儿院的门框外，屁股下那把歪斜的竹椅子勉强能够支撑起她的身子，她没完没了地抽着手中那根竹烟杆。吉祥就站在她身边，手里举着火，随时准备给嬷嬷点烟。他是马候炮收养的其中一个儿子。

马候炮喷出一口浓烟，拱起腰背咳嗽了两声。吉祥听见那把竹椅子发出叽叽嘎嘎的声音，它可能很不情愿马候炮咳嗽时对它的折腾。吉祥像一棵正在灌浆拔节的青色树苗，他眼看着嬷嬷嘴里吐出的那团烟在头顶慢慢散开，又以一种妖娆的姿态在空中盘旋。他感觉这是一个愉快的上午，所有的东西都在生长。但是马候炮却突然对他吼了两声，离我远点儿，别挡住我的阳光。

吉祥站在那里一动不动，他后来比画起双手，用哑语告诉马候炮：嬷嬷，我听见马蹄声，一共有四匹。

嗯。掉在最后的那匹是妹妹骑的。就他手脚慢，投胎也最慢。马候炮耷拉着眼皮，说话的声音越来越细小。然后她用力一点头，就那么沉重地睡了过去。

马候炮说的妹妹就是唐胭脂。很多的日子里，唐胭脂都喜欢在自己开的脂粉铺里歪斜着脑袋编织一条长长的辫子，左边一绕，右边一绕。还有一些时日，他把调磨出的新鲜脂粉涂抹到自己脸上，对着一面崭新的镜子看来看去看上个半天。这时候，突然出现的土拔枪枪会抬腿踢一下柜台，就等着唐胭脂从镜子后面探出身子，趴到柜台上望着台下矮胖的自己说，瓷娃娃，你是什么时候来的？

屠夫要我过来告诉你，春小九装胭脂的蛤蜊壳打碎了，你能不能送他一个？

是送屠夫还是送春小九？

你送给屠夫，屠夫再送给春小九。土拔枪枪将肉嘟嘟的身板靠在柜台上，两只脏兮兮的脚踢在阳光里，交替着晃来晃去。唐胭脂看到土拔枪枪的鞋帮上一片潮湿，沾满新鲜的土。一般情况下，他都是刚从哪个新挖的地洞里钻出来的，像一只兴奋的穿山甲。

土拔枪枪嘴里说的屠夫就是刘一刀。刘一刀在东市的菜场里卖牛肉，每次扔给顾客的牛肉他都只切一刀。不用过秤，分量只多不少。每当夕阳来临时，忙碌的刘一刀会收起案板上的最后一块牛肉，对着一群围上来的街坊说，对不住啊，这牛肉我得给自己留一刀。

加上打更的小铜锣，马候炮那年第一批收养的四个儿子就全都齐了。她现在斜躺在竹椅上，对着阳光偶尔狠命地抽动一次嘴角，昏睡的双眼立刻就拧成一股绳。在她急促的鼾声里，吉祥后来闻到嬷嬷吐出一股硝烟的味道，他于是知道，嬷嬷这是再次梦见了那一年的北方战场。那么，她眼里拧成的那股绳，其实是一根明军的火炮拉绳。那时，一身铠甲的嬷嬷和她的四个战友，组成一队被打散的明军鸳鸯阵五人小组，在新修筑的长城外冲锋得天昏地暗。经过马候炮无数次絮絮叨叨的回忆，现在就连小吉祥都能清晰记得，嬷嬷那时是鸳鸯阵法中排在最后的短刀手。而作为副队长的小铜锣他爹则手持藤条盾牌和狼筅，和土拔枪枪他爹一起，冲在位于第三排的两名长枪手的前面。所谓的狼筅其实就是一根末梢扎了铁枪头的竹竿，四周都是削短后经烫火弯曲过的竹枝，带刺或者带钩，全都涂满了毒药。鸳鸯阵和狼筅据说是声名浩大的戚继光将军首创并传到北方明军阵营中的，曾经在东南沿海的沼泽地里屡收奇效，令倭寇的长刀和重箭一时风光不再。

　　在马候炮渐渐悠扬且变得绵软的鼾声里，吉祥安静地掐了掐指头，他终于想起，鸳鸯阵中间的那两名长枪手，就是刘一刀和唐胭脂他们两人的爹。而现在，凭着那阵由远及近的马蹄声，他的两只耳朵灵敏地捕捉到，包括小铜锣在内的四个哥哥就要到家了。他顺着风声就能知道，哥哥们一个个都生龙活虎。

10

　　春小九这天起得有点儿晚。无恙在阳光下翻晒被褥的时候，透过爬满青藤的格子窗口，看见春小九正在闺房里懒洋洋地梳头。

　　昨天欢乐坊的酒卖得不怎么好，听说北镇抚司诏狱门口有突变，客人们便一窝蜂地跑去那边看炸碎在地上的马车。只有安静得像雕塑的柳章台还坐在角落里，一个人独自喝闷酒。没有了赌友郝富贵，柳章台只能让春小九陪他打双陆，他说，小九你今天也别跳舞了，场子里现在只剩下我一双眼睛。你再跳舞，那简直就是浪费。

　　春小九吹了一声口哨，一队萤火虫便星星点点地蜿蜒着飞了回来。春小九张开一只绿色的香囊袋，那些萤火虫就排好队伍全都钻了进去。它们听见春小九说，没事情了，都睡吧。

　　春小九说完，柳章台看见那只通风透气的香囊口袋里，闪动的萤光纷纷暗了下去，仿佛是春小九刚给它们盖上了一床被子。

那时，柜台里的无恙绕着那把戚家军长刀仔细地转了两圈，好像她突然就会心潮澎湃地提起它去切开一只金色的哈密瓜。然后她看了一眼空旷的场子以及场子里闲得发慌的柳章台，笑眯眯地说，章台柳章台柳，往日依依今在否？

柳章台顿时笑了，喷出嘴里一口同山烧酒说，无恙姑娘，你又何须单恋一枝柳？说完，他扔出手中的骰子，看准了点数，提起一枚黑马在双陆棋盘上一步一步跳动了起来。他问春小九，咱们今天赌什么？春小九一脚踩到了凳子上，晃着手里的香囊说，你要是赢了，我这就去北镇抚司门口给你切一片新鲜的马肉，炖了吃。

要么再配送一壶海半仙同山烧？

欢乐坊从来就没有送出过一滴酒。春小九抓起一枚白马。

这时候，无恙突然记起了什么，她说章台兄你今天的胡子跟昨天不一样，薄了那么一寸。无恙将那把长刀唰的一声抽了出来，说，难道你最近在掉胡子？

柳章台抬起眼，盯着白晃晃的刀光猛地愣了一下，笑着说，你觉得马肉该怎么烧才好？

风尘里五更的鞭声就是在这时穿过漆黑的长夜传来的。还是那个嘶哑又辽阔的声音：一敬日月天地，二敬列祖列宗，三敬国运财运齐亨通。收灯！这天的后来，无恙站到了春小九的镜子前，她看着春小九差不多梳了有半个时辰的头。她说，你有心事，头皮都快要梳烂了。我是在想，甘左严那天是不是被我吓住了？春小九打开胭脂盒说，早知道这样，我就不让他陪我去南麂了。又说，他干吗不娶我？我不是很美吗？你仔细看镜子。无恙笑了，她想不通春小九怎么就稀奇古怪地喜欢上了那个胡子拉碴的甘左严。甘左严每次吃酒的时候，胡子上都沾了一些酒星子。然后他时常会将手中的那只银酒壶啪的一声蹾在酒桌上，环视整个欢乐坊的酒客赌友们扯开嗓子说，我请大家吃酒。

他很少在暗地里偷看我，所以他是花花肠子最少的男人。春小九说，其实他根本就不怎么看我。

这个寻常的清晨，两个人盯着无恙翻晒在阳光里的被褥看了很久，好像是要等待那里头的棉絮在这个上午苏醒过来。春小九后来将头靠在无恙的肩上，她说，姐姐，你好像比我更好笑，难道你还真是喜欢那个田小七？

无恙笑了，什么也没说。但春小九还是觉得她说了。春小九看见阳光暖洋洋地走在被褥上，只是看不到脚印而已。她说，姐姐，我们要不要让萤火虫也出来晒晒太阳。无恙依旧安静地笑。

她认为春小九的长发总是很干净，她喜欢这样一头长发。然后她说，昨天去北镇抚司劫狱的又是田小七。他是个英雄。

　　春小九后来听无恙说，她曾经梦见过田小七。她看见田小七背上的一把剑是金色的，穿在身上的长袍是光滑细腻的绸，他说自己要去很远的地方。梦境中田小七说这话的时候，打更的梆子声响了起来，正好撞在田小七的剑身上，声音悦耳得像是飞过了一枚旋转的金币。

11

　　田小七原以为等候在吉祥院里的马候炮会纵起身子来骂娘，可是等他跳下马时，吉祥却朝他举起一根手指，示意他不要出声。他于是看见，嬷嬷正在这个春天里睡得踏实而香甜。

　　吉祥院里收养的都是孤儿，除了田小七他们四个，其余的孩子都是马候炮从街上捡来的。捡来第五个孩子的时候，马候炮盯着孩子水光一样的眼，对田小七他们几个说，就叫他吉祥吧，咱们这里以后就叫吉祥院。又说，以后不能再捡了，捡不动了。那天吉祥在马候炮的怀里打了一个细小的喷嚏，他看见马候炮擤了一把鼻涕说，小铜锣，你们几个还不赶紧去捡菜叶？！

　　但是马候炮还是接连不断地捡孩子，捡着捡着，很快把自己给捡老了。

　　田小七这天提着一袋银子正要进门时，脑袋上却被敲了一下。

等他回转身，看见马候炮那支老气横秋的竹烟杆正停在半空中。马候炮说，你长了翅膀了？田小七于是闻到一股呛鼻的烟味。他说嬷嬷，我刚给你买了上好的烟丝，金黄金黄的，刀工精良，切得特别细。

马候炮后来坐在一只挂了一把铜锁的木箱上，这让土拔枪枪觉得嬷嬷身下很扎实。马候炮仔细盯着刘一刀搁在砧板上的一刀牛肉，说，屠夫，今天的肉起码有往常的两倍，你什么意思？

刘一刀转动着肥胖的脖子，想说的话又像一块煮熟的牛肉被他吞了下去。

马候炮用拇指压实了烟锅里新装上的烟丝，吉祥用火帮她点上时，她在那股香味里听见小铜锣说，嬷嬷，我们要出门一趟。

死去哪里？马候炮喷出一口烟。

不能说。

哪个王八蛋叫你出去的？

不能说。

田小七一连说了五个不能说。然后马候炮就举起竹烟杆指着供桌上的一堆灵牌说，不能说？那就去跟你爹说。

田小七于是在那堆牌位前跪了下去，他好像看见自己的爹从地底下走了出来。田小七只是从嬷嬷的嘴里听说，爹战死的时候，身上都是血。爹被嬷嬷埋下的时候，黄土上没有一根草。爹那身破烂的征衣被嬷嬷捧着送回家里的时候，娘的身子抖了抖。然后娘托着抹布一样的征衣，像一阵风一样走到院子里。阳光晃来晃去的，推着娘的一只脚踏进了门前的水井里。又过了几个时辰，娘的身体喝饱了井水浮了上来。马候炮蹲在娘的脚跟前，声音湿漉漉地说，小铜锣，你跟我走，以后就叫我嬷嬷。小铜锣那时顶着剧烈的阳光，看见三个傻乎乎的脑袋从自家破朽的门洞里挤了进来，不约而同地挂着清凉的鼻涕。马候炮说，他们跟你一样，都没了爹娘，你娘算是最长寿的。起来收拾收拾，上路吧。

田小七后来觉得，那是马候炮这辈子最温良的一个下午。

冬天到来的时候，马候炮怀里抱着最小的唐胭脂，牵着小铜锣他们三个鸡爪一样的手，头顶着风雪来到京城郊外一座破旧的寺庙里。马候炮搓了一把土拔枪枪浑圆的脑袋，说，嬷嬷这是在替你们四个人的爹一起活下去。你们的爹脾气都不好，所以嬷嬷现在变得很暴躁。马候炮之所以这么忧伤，是因为她终于发现土拔枪枪怎么也长不高。她之前让小铜锣和刘一刀抱着土拔枪枪的头和脚，每天都拼命往外扯，可是土拔枪枪的骨头一声都不吭。唐胭脂望着躺在地上有点惊慌的土拔枪枪，冷冷地说，瓷娃娃，就这样将就一辈子得了，反正人都活不了多长的。

只有唐胭脂才叫土拔枪枪瓷娃娃，因为夏天里的土拔枪枪总是身上洗得油光又亮滑。马候炮那年让人打了一只巨大的木盆，她叼着嘴里的竹烟杆，闭着眼睛，将脱光了的小铜锣他们一个个扔进木盆子里清洗。可是马候炮不知道，小铜锣和刘一刀每次都把土拔枪枪往前推。终于有一天，马候炮突然睁开眼，对着游在水里的土拔枪枪说，怎么还是你？土拔枪枪于是傻乎乎地笑了，他说，嬷嬷，我今天已经洗了第三次了。马候炮一把抓起鲤鱼一样光滑的土拔枪枪，将他一腿踢在了泥地上，炸开了声音叫喊，小铜锣，你给我死过来。

但是这位曾经在辽东战场上代兄从军征战的马候炮现在除了抽得动烟丝，已经没有力气踢得动小铜锣和刘一刀他们了。她走起路来的时候，已经带不动身边的一阵风。更多的时候，马候炮只是抱着那根烟杆，对着供桌上的一堆牌位发呆。灵牌总共有五枚，除了战死沙场的四个战友，摆在中间那块最巨大的，是马候炮后来给威震四方的戚继光将军做的。马候炮在十二年前听闻，戚将军后来回到他的山东蓬莱老家，最终没有死在倭寇手中，竟然死在了穷困和潦倒当中。

马候炮坐在这天跑动的风里，她疲倦得一点儿都不想说话。直到田小七最后一次站到她跟前说，嬷嬷，你能不能帮我去一趟菜场？我想买一袋朝天椒。

12

深夜，内城城北的风尘里街区传出三声关市鞭响时，宵禁中的外城城南永定门外，北斗星正倒映在清凉的护城河中。两扇巨大的朱漆大门吱呀一声缓缓推开，京城里突然就冲出了四匹快马，它们昂头嘶鸣了两声，便在夜色的掩护下朝着遥远的南方一路疾驰而去。

吉祥看见，扬起的沙尘卷起一场风。他长久地站立着，最后用哑语对那场风说，哥哥，保重！

田小七出发了！

13

　　一个时辰前，翊坤宫内。郑贵妃半躺在花梨木的卧榻上。

　　最近几天，她的睡眠一直不怎么好，总觉得有什么事情要发生。就在刚才，她让儿子朱常洵陪她到外头去看了一阵子星空，但这兴致很快就被打消了，她最终看见的是一摊鲜红的血，于是不得不让宫女们打着灯笼赶紧回屋。可是在这段短暂的时光里，当宫女们被那摊突然造访的血惊吓得手忙脚乱的时候，就连郑贵妃的贴身侍女阿苏都没察觉，翊坤宫西南角的墙头上，却有一个身穿夜行衣的男人一直蹲坐在阴影里。

　　现在事态已经平息，郑贵妃在卧榻上凝望着四周静止的空气，感觉一团深刻的疲倦从那些雕梁画栋的背后走了出来，正要向她发动一场沉默的袭击。

　　差不多是朱常洵现在的年纪，十四岁那年，郑云锦坐着一辆四周盖满了帷幔的马车进了紫禁城，身边正是她的义父郑太傅。马车有些颠簸，一路上郑云锦都能听见身边的珠帘碰撞出清凉的声音。身子略微摇晃的时候，她记起刚才上车之前，自己差点儿就摔了一跤，是她的义兄郑国仲及时将她扶住。郑国仲眼睛望着远处说，进宫以后的路，走慢一点儿，站要站稳，走要走好。郑云锦于是忍不住多看了一眼这个锦衣少年，他陪伴了自己两年。而就在刚才几乎跌倒的那一刻，她在惊慌间回首，却看见了不远处另外一张少年的脸。小铜锣比她小两岁，有着数不尽的鬼点子，很多日子里都叫她小姐姐。声音很温热，一直叫得她耳根酥痒。

　　那天，郑云锦在珠帘和帷幔的缝隙里捕捉到了小铜锣的身影，她必须做到漫不经心，免得让义父发现。马车终于远去，当她回头时，看到小铜锣久久地站着，之前他用一截木炭在石板路上一笔一画地写下一行字，但是郑云锦是怎么也看不到那些字的。在之前闲散的日子里，是郑云锦教会了小铜锣识字和写字，并且曾经送给小铜锣一只木碗。很长的时间里，他们两个形影不离。小铜锣甚至将那只木碗的边沿钻了个孔，用麻线穿了直接挂在胸前。这一切少年往事都发生在郑云锦被义父郑太傅收养后的不久，也就是那场要命的火灾发生后的半年左右。

在此之前，郑云锦一直出现在百井坊一带。她记不清那个好像是自己父亲的男人到底因为什么而将她遗弃，只是恍惚记得那天她独自坐在街头，看着头顶晴朗的天空发呆。然后有一天，一个名叫满落的法师围着她的影子走动了两圈。满落看上去一身风尘，他刚从一家馒头铺里讨了一碗水喝。就在他举起碗的一刻，他在热气腾腾的阳光下瞬间发现，郑云锦是如此淡定地坐在一圈常人无法见识到的光晕里。他拨动着手里的佛珠沉思了很久，直到走过百井坊的风将他灰白的胡须给吹拂起的时候，他才终于走到郑云锦面前说，实在难以想象，用不了几年，你将拥有母仪天下的荣华富贵。

又一阵风吹过，满落的声音一字不漏地掉进了另一个人的耳里，他就是刚好经过百井坊的郑太傅。郑太傅即刻让车夫停下了马车，掀起布帘说，去看看，那是谁家的孩子。

郑太傅决然地收养了她。岁月像一条河，在郑太傅家里度过了短短的几年时间后，嫁进宫中的郑云锦就成了集皇上的万千宠爱于一身的贵妃。而自打她有了儿子以后，就不由自主地卷入这条河流巨大又隐秘的漩涡中。在一场所谓的"国本之争"中，她感觉心力交瘁。

国本之争就是太子之争。恭妃的儿子朱常洛是皇上的长子，那是皇帝当初年轻气盛时在太后的慈宁宫里一次随意临幸的结果。那时万历皇帝朱翊钧瞟见一个宫女从自己身边经过，一时兴起，便将她推倒在了辽阔的床上。关于这次潦草的行事，朱翊钧后来一直矢口否认，因为他在快活过后立马就后悔了，他甚至没有给王氏留下一个作为临幸凭证的物件。但是春风一度，王氏却暗结珠胎了。无奈之下，太后于是命人取来记载着皇上一应私生活的《内起居注》，厚厚的本子里头，果然就清清楚楚地留有这么一笔。

朱翊钧后来继续后悔，继续抗争，他想把太子之位留给郑贵妃的儿子朱常洵。而对王氏，他从此懒得再多看一眼。于是一场旷日持久的争斗持续到今天已经十年，朝廷中无数个坚持"立长"的文武官员被罢官的罢官，斩杀的斩杀。皇帝甚至龙颜大怒，从此不再上朝。殿堂上整整十年没有他的身影，这似乎是一个天大的笑话。

而就在这剑拔弩张不分胜负的关口，郑贵妃却突然闻听儿子最近一直流鼻血不止，好多个太医来了又走了。就在刚才，儿子来看她的时候，她突然心血来潮地想看一眼夜空里的星星。但没过多久，儿子却突然叫了一声，母亲，血！郑贵妃于是看见一摊鲜红的血从儿子的鼻孔中涌了出来，泼洒了一地，像是瘆人的红色月光。整个翊坤宫一下子陷入了手忙脚乱之中。

如果鼻血仅仅是鼻血，那倒也无妨。郑贵妃担心的是，宫里已经有传言，福王朱常洵鼻孔里那倔强的血是不治之症的前兆，总有一天血会流干。郑贵妃听到这句流言那天，在回宫的路上突然一脚踩空，整个身子摔了出去，就连紧随在身边的阿苏都没有来得及扶住她。那一刻她无力地躺在地上，迫不及待地想要拥有一张网，将宫中那些细蛇一样的飞短流长一网打尽。

想到这时，郑贵妃看见儿子已经浑然没事般地朝自己走来。他看了一眼阿苏，阿苏便即刻退了下去。然后他说，母亲，我刚才碰见一个打更的，他从梆子里抽出一张纸条，要我直接交给你。

郑贵妃满脸疑惑地将那张纸条打开，看见的是四个螃蟹一样的大字，是用炭条写的：处处小心。儿子这时又说了一句，母亲，打更的为何会穿了一件夜行衣？

郑贵妃猛地起身，即刻朝着门外奔去。撞倒一个提着灯笼的宫女后，她停下脚步，凝神想了想，又折了回去。然后她看见一只猫，正睁着一双绿得让人发慌的眼睛，从西南角的墙头处悄无声息地落了下去。她觉得，那不是一只普通的猫。

这天夜里，郑贵妃彻底失眠了。她似乎听见一阵急促的马蹄声，在京城里越跑越远，直到变成一阵汹涌的海浪声。

14

　　田小七奔跑在路上，身边灌满了黑夜以及料峭的风。天空中遥远的北斗七星一直跟随着他，这让他止不住地开始热汗淋漓。

　　昨晚，就在礼部郎中郑国仲的府上，郎中先生最终给他铺展了一张图。在那张图上，郑国仲的手指缓慢地走了一圈，他说，田小七看到没，大明王朝现在都在你的眼里。

　　那是一张由宫廷内务府刚刚绘制出的明朝疆域图。那些蔓延的红色，形同两只落在枝丫上交头接耳的大鸟。田小七发现，京城竟然正好落在下边那只大鸟的脑壳上，这让他觉得天上人间的安排真是有点儿意思。

　　郑国仲的手指从京城一直往下走，田小七丈量了一下，差不多是一尺的距离，就来到了福建的兴化府。郑国仲指着兴化府东边的一片蓝色说，知道吗？这里是一片海，就是日本使团登陆上岸的地点。从这里往左，也就是西边的方向，用不了一个时辰，你的马就到了月镇。

田小七笑了，说，郎中大人难道忘了，我曾经在福建水师当差。那里我比你熟。

郑国仲的指尖戳了戳地图，说，程青就在这里，我相信他还活着。给他看那块令牌后，你就当他的助手。然后他终于笑了，说程青肯定想不到，老天爷这回让他见到了怎么也抓不到，但是现在却送上门来的鬼脚遁师。

田小七依然奔跑在路上，似乎听见海浪翻卷的声音，正好就撞击在海滩遭遇战那年的岛礁崖壁上。他狠狠地抽了一记马鞭，并且回头对着唐胭脂叫道，妹妹，走快点儿！

月色下的土拔枪枪像一个抖动在马背上的冬瓜，田小七真担心这家伙会一不小心掉下来。而刘一刀的喘息声粗粝得让人害怕，仿佛他正蹲在月光下抓紧时间磨一把切牛肉的刀。

田小七想起另外一个更为寒冷的初春，那是唐胭脂还穿着开裆裤的年龄。也就是在城北，几个孩子在一阵哇哇乱叫的闹腾声里歪歪扭扭地冲出了德胜门，然后他们突然发现，护城河里的冰竟然没有一点儿要解冻的意思，这不禁让孩子们纷纷恼火了起来。刘一刀首先扔出了一块石头，他说看我砸死你。

刘一刀的石头落在冰块上，只是撞出一团银白的碎屑，护城河封冻的样子依旧像马候炮收藏起的一块步兵盾牌。

哟，还挺结实。土拔枪枪双手叉着后腰，挺起肚子溅出一口痰。

看我的。唐胭脂捡起一块瓦片，盯着瓦片锋利的边缘说，看我怎么切开它。

唐胭脂蹲下身子，闭上一只眼，举着瓦片的手在空中转了两圈。然后他挺起身子，叫了一声我切，让那枚瓦片笔直飞了出去。瓦片在冰面上一跳一跳地走远了，停下之前还转了几圈，唐胭脂看了一眼小铜锣，羞愧得就要掉出泪来。

接下去，他们找来石块码成厚厚的一堆，只待大哥小铜锣一声令下，就可以像马候炮说过的四眼鸟铳一样，一起发射出去。他们一致决定，必须把这个顽固的春天砸出一个窟窿，砸它个头破血流。

可是护城河根本就没把他们放在眼里。火冒三丈的时候，跌坐在地上的土拔枪枪突然站起身子一个冲刺，猛地就跳进了那条河里。田小七那时看见，冰层在土拔枪枪愤怒的脚底下终于撕裂开来，它们给土拔枪枪让出了一条道。紧接着涌上来的河水像是刚刚睡醒一样，它们慢吞吞地将土拔枪枪的身子给收了进去，仿佛对此早有准备。

田小七顿时傻了，他看见突然赶过来的一阵风在冰面上走了过去，整个世界无比安静。

很久以后，土拔枪枪才撞破一片坚实的冰层，水淋淋的脑袋猛地就从春天的肚皮底下冲了上来。他原来是沉在水底游了很远，捧着一摞厚实的冰块跌跌撞撞地走上河岸时，他非常骄傲地说，我在水底看见好多鱼，它们排成一群，一动不动地盯着我，看上去很傻。

说完，土拔枪枪连着打了三个喷嚏。他说，既然我们赢了，那就回家吧。

又说，唐胭脂，这事不许你告诉嬷嬷。

田小七傻了。他没想到，在自己看不见的水底，土拔枪枪竟然有这等本事。

15

三天后的下午，郑国仲的马车停在铁狮子胡同一棵巨大的槐树下。他掀开帘子正要下车时，看见父亲府上的门子区伯正将一个陌生的中年人从门洞里送了出来。那人的肩上扛着一卷布，笑得很含糊，他在跟区伯说，改天再来拜访。说完，他又隐隐地笑了。

驼背的区伯的脊背越来越弯曲，他现在如果不抬头，眼里几乎只能看见自己的一双脚。那天他一直退到大门铁锁把的位置，好让郑国仲回家进门的路尽量显得宽敞一点儿。他笑嘻嘻地对郑国仲说，刚才那布商是浙江临海的，老爷最近想给自己做几身春衣。

郑太傅举着一把巨大的剪子，正在花园里修剪枝叶。许多阳光从头顶落下时，都被他很干脆地一同给剪碎，他的脚边落满了细碎的阳光以及剪断的枝叶。这时候，弓着身子的区伯便领着郑国仲来到了他跟前。郑太傅丢下那把巨大的剪子，久久地看了儿子一眼，说，进屋！

郑太傅不能久站，更长的时间里只能躺在一张竹榻上，否则他的腿脚就会隐隐作痛。已经很多年了，困扰他的瘀滞症如今越来越严重，每次他撩起裤腿时，郑国仲总能看见那些暴突起的青筋，像一条条挤在一起又努力想攀爬出去的蚯蚓。郑国仲这次让太医给父亲开的方子上，罗列着众多的中药：柴胡、忍冬藤、地龙、三棱、莪术以及附子等。

难得你们兄妹还能记得我这两条老腿。郑太傅在竹榻上斜了斜身子说，云锦前两天也回来过一趟，可是她给的方子却跟你的不一样。你说我该相信哪张纸？

又说，我告诉云锦，不要去相信宫里的那些太医，最好离他们远点儿。他们只懂得滋阴壮阳，朱常洵不就是流鼻血嘛，男人年轻的时候谁还没有过？

郑国仲记起父亲许多年前给万历皇帝讲课时的情景。那次，父亲在台上讲着讲着，年幼的皇帝突然就将头昂了起来，一只手不停地拍打着脑门。郑国仲于是慌张地叫了起来，他知道皇帝又流鼻血了。郑太傅一阵忙乱，扔下书简急匆匆地奔将过去，如临大敌地说，皇上，快让我看看。皇帝看见郑太傅趴下来的一张脸，猛地甩开那只盖住鼻梁的手，倒在红木屏风下躺成一个抽搐的"大"字。他根本就没有流鼻血，嘴里却叫道，国仲弟弟，哈哈哈，好玩吧？

郑国仲没觉得好玩，所以笑不出来。他只是发现，一直欢笑的皇帝看上去如同一个刚刚剥开来的橘子。

而现在，这个多次欺骗过自己眼睛的皇帝是父亲的女婿。

回去的路上，郑国仲靠在马车上闭目养神，他想起父亲抱怨那些太医的话：我不是良相，他们也不是良医。他于是又想起那个已被他取了性命的朱棍，他目前实在无法确定，这个幽魂一样的恶棍，临死前到底有没有跟人炫耀或是卖出过一个秘密。这样的担心，现在正变得越来越强烈，仿佛有一双手始终推着他和年迈的父亲往不知底细的暗处走。父亲日渐老去的样子，他感觉已经如同头顶那片迟缓的残阳。而那个看上去有点儿油滑的浙江临海布商，刚才肯定是从父亲手里骗去了不少的银子。也或许，这家伙名义上是卖布做衣裳，实际上是想通过父亲摆平一件棘手的事。

目送郑国仲的马车离开铁狮子胡同后，郑太傅站在府门口，望见槐树上的阳光已经开始昏黄。他让区伯扶着他走回去，又重新捡起那把剪刀。趁着夜色降临之前，他想再修剪一次花草。这时候，一个名叫元规的随从走了过来，说话的声音薄得像一片冬青叶子，他说，这次去福建的一共是四个人，马要是跑得快的话，想必中午时分应该是到了杭州。郑太傅想了想，突然说，让阿苏姑娘过来见我，这样的时候，她应该做点儿事情了。

元规于是提着一只脚尖，踩着夕阳走远了。

这么多年里，元规的右脚只能脚尖着地，他争取想要跑起来的样子，让人觉得他那脑袋是被一根绳子给牵着，就像一只被人牵回家去的瘸腿的山羊。区伯看着元规不停抖动的背影，隐隐地笑了，他说太傅做得很对。

郑太傅说，你能不笑吗？

事实上，如果夜色真的降临，四处如果是一片漆黑，那么元规刚才提起的脚尖即刻就能跃上屋顶。他就像一片凌空盘旋的冬青叶，能将京城所有的高墙轻松地踩在自己脚下。

这一点，很少有人知道。

16

　　夜色开始饱满，风尘里街区更楼里的更长忍无可忍，他决定要亲自去一趟吉祥孤儿院严厉地质问马候炮。他拖着一条病腿，像摇着一条小船一样，在胡同里摸着墙壁停一段走一段。见到马候炮时，他擦去一把春天的汗水，劈头盖脸地叫嚷，你就是挖地三尺，也要把小铜锣给我找回来，他刚领走了这个月的工钱。马候炮正在一块拆下来的门板上奋力地搓揉面团，更长看见她整个身子也胖得像一块摇摆的面团，觉得自己一双细小的眼全被这些白花花的面团给占据了。

　　马候炮连正眼都没有瞧更长一眼，忙活了很久以后，她转过身想了片刻，突然抬腿踢飞了脚边的一只铜盘。铜盘哐当一声落到吉祥面前，吉祥那时蹲在地上，正在玩逗一只这天下午刚刚抓到手的青壮年蚂蚱。蚂蚱的一条腿上被吉祥扎了一根细线，它拼了命一般想要挣脱。哪怕是和刚刚来到吉祥院的更长一样，干脆就废了这条腿也在所不惜。吉祥抬起头的时候，听到马候炮说，你几岁了？十四。吉祥比画着手指头，他担心脾气暴躁的蚂蚱要趁自己说话的当口逃走。那你去给你哥哥小铜锣补缺，随更长去打更吧。索然无味的更长后来离开了，离开之前他深深地看了马候炮一眼。他的一条瘸腿刚踏出门槛，吉祥就用哑语告诉马候炮，更长要死了，因为他闻到了死亡的气息。马候炮愣了一会儿，又用力揉了一把门板上的面团，冷冷地说，生死有命。

吉祥那年被马候炮从一只水缸边捡回来后，很长时间只能比画着双手说哑语，是刘一刀的牛肉让他慢慢学会了开口。但他现在还是喜欢用手语，把藏在心底里无穷的秘密说给能懂他手语的人听，比如说他能闻到生和死的气息。

月亮在云层中穿梭，暗淡的月光下，提着灯笼和梆子的吉祥头一回上更。他沿着墙根走过，肩头停着一只名叫追风的豹猫，一双绿汪汪的眼让人发慌。豹猫追风突然跃起，锋利的爪子转眼就攀爬上了城墙。此刻它在城墙顶端缓慢地行走，令人惊叹的是，看上去它好像是在月亮上行走。

这个夜晚，风尘里街区所有的小动物都在慢慢地向吉祥靠拢，甚至包括无恙姑娘的两只萤火虫。风尘里那些没有主人的猫和没有主人的狗，没有入睡的鸡鸭和没有入睡的鹅，有很多娘子的雄蟋蟀，倒挂在屋檐上的蝙蝠，躲在墙洞里磨牙的老鼠，醒过来的麻雀和螳螂，全都聚集到了吉祥的脚跟。追风威风凛凛地围着它们转了一圈，张开嘴轻蔑地低吼了一声。

马候炮一直神鬼不知地跟在吉祥身后，她提着一把菜刀，想要在吉祥上更的第一天暗中保护他。但是吉祥却站定身子，头也不回地说，嬷嬷你出来吧，我闻到了你的气息。马候炮清楚地看见吉祥的眼里就快要滚下两滴泪。她慌了，说，吉祥你不要吓我，难道有人活不过今天？

走到更楼下的时候，吉祥用哑语告诉马候炮，说更长已经死了，是在喝茶的时候死的，茶杯滚落在了地上。马候炮于是登上更楼一脚踹开更长的木门，看见更长的背影孤独地靠在窗边，那里可以望见风尘里的半条长街以及热闹的欢乐坊。更长的梆子摔在地上，只有那盏灯笼还发着幽幽的红光，火苗是整个房间里唯一的动静。马候炮拍拍更长的肩膀，看见他像一碗煮熟的面条一样垂了下来，被掏出的两颗眼珠滚落在地上。很久以后，马候炮依然长叹了一声说，生死有命。然后她一把抓起吉祥的手，说你跟我回去，今天不打更了。

更长看了不该看到的，所以他刚才死了。吉祥又用哑语说，更长的两只滚落在地上的眼珠子里，站着一个驼背的身影。

　　一路上，马候炮不停地说，生死有命。她想起万历十年，张居正死前没多久的那个春天。泰宁部落的酋长速把亥和他的弟弟炒花进犯辽东义州，她和四位弟兄以及更多的战友就在镇夷堡设下了埋伏。那时他们都是刀牌步兵，他们的辽东总兵叫李成梁，而参将李平胡后来一箭射中了速把亥，随即把他斩杀。可是就像他们每天都喊在嘴里的生死有命，马候炮和她的四位兄弟还是在这场获胜的战役中被打散了。又一股敌兵追上时，四个兄弟将马候炮推下了明军新修建的长城。他们说最苦的差事交给你，四个孩子都给养大成人。马候炮从长城上滚下，耳边灌满了虎蹲炮炸响的声音，她知道这是弟兄们剩下的最后一枚火药球了，他们接下去将是弹尽粮绝。那么不用再过多久，泰宁部落登上长城的刀剑就要如同野草般升起，将四个男人纷纷扬扬地砍翻在地。

第二章

1

田小七觉得，世间最漫长的路途莫过于眼下这条通往福建的官道，它们贪婪地吞下所有的马蹄声，又河流一般继续往前野蛮地生长。

自从离了杭州府，马背上燥热的刘一刀和土拔枪枪就不住地骂娘，他们将拧得出水来的衣裳剥了一件又一件，最后只剩下一身光滑的皮。刘一刀依旧大汗淋漓，他实在想不通，挂在天上的日头怎么就跟马候炮煮牛肉的锅似的。而他记得在离开京城之前，他和土拔枪枪埋头深挖北镇抚司的地道时，两人还是带着一个火笼的。土拔枪枪说他一双手早就冰冻成了铁锹头，田小七要是不加工钱他就决定不干这一票了。

土拔枪枪急着要用钱，是因为他听刘一刀说过，很远的关西那边，有个术士专治矮人症。术士的两枚食指在人家脑门上一弹，跪在地上的矮人就如雨后春笋般一节节长高了。土拔枪枪问刘一刀那到底能够长多高？刘一刀闭上眼睛想了想，确定地说，像吉祥那么高应该没问题。土拔枪枪觉得那也够了。

田小七后来在奔驰的马背上看见一只海鸟。他非常熟悉那样的啼叫声，知道它是属于福建的。于是，他的脑海里又浮现十年前的那场海战，他眼里仿佛见到了一片广袤的沙滩，见到了日本兵的必杀技滚龙绞，见到了战友陈丑牛和鸟枪。陈丑牛单腿跪地，日本人的枪就顶在他头上让他动弹不得。田小七因为陈丑牛受制迟迟不敢上前，陈丑牛于是大叫：杀啊杀啊，不用管我，小铜锣你杀啊！

在陈丑牛遥远的声音里，田小七夹紧了腿下的那匹快马。

此刻，甘左严正坐在一个腥味扑鼻的酒馆里。充斥在耳边的当地方言令他十分头疼，他相信，自己哪怕是在兴化府再住上一辈子，也还是无法理解那些发音悠长的，像是海鸟一样叫唤的土语。所以他只能提起那只从京城带来的银酒壶，不停地喝酒，一壶又一壶地喝酒。这样的时候，他心里想起的只有欢乐坊里的舞娘春小九，春小九像田间一片碧绿生长的马兰头。他又想，这么长时间都没有见到那个专门走私的蛇熊，但如果自己这样坚持着一直喝下去，会不会有人主动过来搭讪？

阿庆果然就在这时候出现了，她一步一步数着自己的脚步走过来时，身上裹着一卷海风的味道。然后阿庆用海水一样咸湿的官话说，一个人喝这么多的酒，你好像是要把自己给淹死。

　　甘左严抬起一双正准备喝醉的眼，好像是笑得很粗俗的样子。他说，你敢不敢尝一尝我的辣椒酱？它火辣得跟女人似的。阿庆一把抓起桌上的那只罐子，看都没看一眼，掏出一团鲜红的辣椒酱就塞进了嘴里，然后她突然朝甘左严的怀里倒了下去。阿庆喝得比甘左严还要醉。甘左严张开手，胡乱地揽起她的腰，像是从出海归来的船里抱起一条呼吸困难的鱼。他听见阿庆对自己十分绵软地说，京城来的，你好像很有女人缘。甘左严皱起了眉头说，女人缘太好的人，麻烦也一定很多。这时候，春天的黄昏就在福建姗姗来迟了。甘左严看见门前的那片空地上，闲得发慌的夕阳缓缓地停了下来，那里堆满了各种吃剩的海螺和贝壳，在夕阳下散发着暗淡的光。甘左严抱着怀里的阿庆，很长时间里，他都有点儿疲倦地想起了京城，同时想起礼部郎中府上一个清瘦的男人。这个男人不苟言笑，总是边望着天井里不停滴落的雨滴，边有一搭没一搭地同他讲话。但是每一句话里，都剑气纵横，仿佛能闻到血的气息。他突然觉得自己就像那堆吃剩的海螺和贝壳，正躺在夕阳里缅怀一段被掏空的往事。

田小七他们到达月镇时已是深夜，整个小镇安静得像个尚未拆封的酒坛。但这个酒坛无论怎样也无法打开，田小七试着从月镇不同的路口闯进去过很多次，绕来绕去的，最终都是千篇一律地回到了原点。

田小七发现，这里错落的行道总是在到达一个十字路口后分成左右对称的两半，形同一对卷曲的羊角圈。所有的房子几乎都长着同一张脸：相同的门槛、相同的砖瓦以及相同的结构。更为奇特的是，每一幢相邻的房子都是截然不同的朝向，它们全都背靠背，相互站成一个直角。也正因为这样，深入月镇的人很快就会无从辨别方向，越来越不相信自己的眼睛，越来越心慌。最后发现，一双脚竟然是倒退回来了。

鬼打墙。田小七在马背上披着一身的月光说，月镇不欢迎我们。

等他说完，土拔枪枪就在一个墙角处挥起铁锹头，仿佛一只麻利的地鼠，很快就刨出了一个土坑。然后他抱来一个空坛子，将自己先前脱下的羊皮袄扎在坛口上，又将坛子埋进了土坑里。土拔枪枪趴下，一只耳朵贴上羊皮袄。地底下所有的声音，像奔涌的细流一样，一起向他的耳朵涌过来。没过多久，土拔枪枪抬起一只手说，见鬼了，地底下全是空的。又说，我只听见呼呼走过的风声，下面有数不尽的秘道。

土拔枪枪起身，抡起铁锹就要再次去挖土坑。但田小七却将他拦住，说，不能硬闯。

唐胭脂仔细看着月光下那把崭新的铁锹，他知道酷爱挖洞的土拔枪枪此时手头很痒。但他想田小七是对的，为何不等到天亮了再说？总得有人出来吧。人憋在镇子里面终归是待不久的。

甘左严就在这时走出酒馆，他是在白天进入月镇的，此时就站在月镇的正中央。酒馆门口躺着镇上唯一的一个水塘，它像一面清洗过的镜子，托着一轮弯月，散发出幽蓝的光。甘左严走在幽蓝的光里，看见夜色下的月镇是潮湿的。

甘左严肩上背着一把长刀，那其实是一把粗犷的苗刀，刀身上缠着松散的麻布。但装了辣椒酱的布囊就挂在刀柄上，不停地晃来晃去。甘左严转头对一直挂在自己肩上的软绵绵的阿庆说，带我去见蛇熊。阿庆吹出一口温软的风，轻轻咬了一下甘左严的耳根，说，蛇熊那里没有酒，我想要睡觉。甘左严耸了耸身子，他还是坚定地说，带我去见蛇熊！

事实上，蛇熊离甘左严只有一把短刀飞过的距离。就在那家鱼龙混杂的悬祥客栈里，蛇熊此时正盘腿坐在一截宽厚的树墩上，那几乎是他最近几天包下的专座。他看上去很像是一只饱满的海螺，肚皮滚圆，正心情愉悦地喝着这个夜晚的第三壶铁观音。蛇熊把世间所有的好茶都喝遍了，最终发现自己还是喜爱铁观音。见到甘左严的时候，蛇熊一拍桌板，夸张的笑声如同一个滚过来的皮球。他说，好你个甘左严，你在月镇消失了那么久，现在从哪片云层里掉下来了？

甘左严回头看了一眼背上不愿意醒来的阿庆，声音低沉又细小，说，我在京城待不下去，走投无路，想想还是回来找熊帮主。甘左严盯着蛇熊举在手里的茶碗，想起帮主以前每次喝茶时，一张麻脸总是幸福成一朵向日葵。这朵向日葵喜欢对他的手下说，每天一笔小买卖，加在一起就是大买卖。

所以事实上蛇熊富得冒油。

但是蛇熊现在将那碗端起的茶倒进了茶缸里，他说海通帮是菜园子吗？你甘左严说来就来，说走就走，难道你当自己是一条游来游去的鱼？

甘左严将阿庆放在一条长凳上，然后将肩上扛着的那把长刀扔在了脚下。等到站定时，一双膝盖就那样笔直地跪了下去。

蛇熊的眼睛并不去看甘左严，他只是盯着茶壶里的铁观音渐渐被泡开，像个疯子一般，膨胀成一团旺盛的海草。他说，刀不错。然后指着地上一只肮脏的布袋说，这里面躲着一个锦衣卫，他一直在追踪我们。你把他杀了。不然就一起死。甘左严眼睛都没有眨，一刀就扎进了那只袋子。刀身抽出来的时候，他说，熊帮主，里头的人早就死了。你是怎么知道的？蛇熊吹了一口热茶。刀刃上的血是冷的。甘左严说。那你就帮我看看他到底是不是锦衣卫。甘左严提着刀尖挑开袋子，发现那具尸体的后背已经洞开，死者的肺从后背被挖出。那是只有锦衣卫才采用的酷刑，蛇熊现在也给用上了。帮主，这人叫驼龙，的确是锦衣卫。我认得他，是因为他曾是我在福建水师服役时的战友。

我差点儿就忘了你的过去。蛇熊干巴巴地笑了，他端着那碗茶朝着甘左严走来，说，敬你们福建水师一杯。甘左严双手接过茶碗，低头正要喝下的时候，蛇熊藏在身后的榔头就朝他后脑狠狠地敲了下去。他似乎听见蛇熊说，从现在开始，所有从京城来的人我一个都不会相信。

这时候，门口突然响起一匹快马的嘶鸣声，蛇熊看见一个全身紫色的女子瞬间从马鞍上跳了下来。女子卷起手上的马鞭，披着一身夜色走进了客栈，她说，蛇熊，连我你也不相信吗？

蛇熊即刻就笑了。他没想到，一直住在京城的悬祥客栈掌柜——来凤姑娘，竟然就在这时毫无征兆地赶回来了。来凤的眼光里扎着一根刺，这让蛇熊想起，得赶紧把昏死过去的甘左严扔到大海里去喂鱼。蛇熊叫唤一声，一个店小二便战战兢兢地上来，就要收拾了砸碎在地上的茶碗。小二俯身捡拾躺在地上的锋利的碎片时，听见蛇熊说，小二，你把头抬起来，我刚才听你口音，好像不是本地人。

2

　　田小七在第二天清晨醒来时，月镇便在他眼里如同一个急于呼吸的贝壳那样敞开了。他此时才恍然大悟，白天进入月镇轻易得就像眨一下眼睛。昨晚他就地躺下的地方，原来是某家店铺门口的一只石狮子下方，他看见三三两两的赤脚正踩踏着细沙走过去。田小七的脑子跟随晶莹的细沙一起清醒了过来，他随即想起月镇一个名叫铁饼的地头蛇。郑国仲那天曾经告诉他，如果找不到程青，他可以去铁饼那里碰碰运气。

　　这天中午，田小七站在了一家烧烤铺的炭炉前，那个一看便知是本地人的男子正在烧烤架上煎烤一排新鲜肥嫩的生蚝。田小七看见他弓着身子吹了一口炭火，又抓起一把蒜蓉，将它们很不节约地撒进了嗞嗞冒油的生蚝瓣里。土拔枪枪踮起脚尖，狠狠地吸了一口生蚝的香味，然后站到田小七跟前仰头细细地说，你身上有的是钱，别让我们失望。田小七说，我不会让这家烧烤铺失望。所以他从怀里掏出一块沉沉的银子，很夸张地扔在了桌上。刘一刀记得，那天他嚼碎了最后一个生蚝时，田小七擦擦油光光的嘴皮说，掌柜的，跟你打听个人。不用打听了，烧烤男子说，我就是铁饼。刘一刀猛地抬眼，这才发现，对方的确长着一张铁饼一样宽阔的扁圆脸，而他身边那辆用来运送生蚝和炭炉的马车则是相当豪华。铁饼噘起嘴巴，又对着炭炉吹了一口炭火，他对田小七说，有钱人都有独特的爱好，比如我就是喜欢烤生蚝。味道怎么样？

铁饼说完时，田小七看见两个熊腰阔背的女人提着一个十来岁的黄毛丫头朝这边走来。她们将这个跟黄花菜一样瘦弱的姑娘扔在了铁饼面前，踹了一脚后说，家里都搜遍了，找不出一文钱。

铁饼在炭火的浓烟里仰起头，他好像就快要被熏出泪来。有那么一刻，他闭上眼睛，甩了甩头，然后才有点儿失望地说，早知道这样，这银子当初我就不借给她了。

田小七后来知道，这个长得像植物似的姑娘叫青草，她借铁饼的钱给父亲治病。现在父亲死了，所有的银子也花完了。

青草坐在地上，一言不发，只是迎风流着泪，让风吹起她细碎的长发。铁饼不高兴了，他说你干吗要流泪？烟又没有熏到你。

田小七的手又一次伸进藏着银子的怀里，他看见刘一刀坐在桌子对面对他挤眉弄眼。刘一刀最后焦急地说，小铜锣，出门在外，你的银子不能这么好骗。他们可能是一伙的。

铁饼笑得很憨厚，他开始收拾起烧烤铺子，说，刚刚说话的这个胖子，这个世界好像就你最聪明。然后又对田小七说，原来你叫小铜锣，这名字有点儿意思。

甘左严是被一阵涌进耳里的海浪给惊醒的。睁开眼睛后，他发现自己果然就漂浮在一片辽阔的海面上。他于是想起，在悬祥客栈里，蛇熊原来是要置自己于死地。当他张开双臂开始拼命游水时，一条绳子就裹挟着海风朝自己扔了过来。甘左严抓住绳头，看见昨晚喝醉的阿庆正在一片礁石上剥着吃几颗炒花生。阿庆喜悦地笑了，她拍了拍手掌说，我就知道淹不死你，快上来呀。甘左严看见一些花生衣被海风吹起，吹得很远。

这天的后来，甘左严抱腿坐在礁石上，迎着海风晒太阳。阿庆光着一双脚，在凹凸不平的石面上走过来走过去。她其实就是蛇熊的堂妹。她反剪着双手说，我就知道我哥错怪了你，他以为你也是暗访的锦衣卫。昨天还让我去监视你，没想到我一不小心把自己喝醉了。阿庆停了一下，又说，信不信，我第一眼就喜欢上了你的胡子。

甘左严说你差点儿要了我的命。如果不是在月镇，我说不定就杀了你。

你不会。阿庆说。因为你心里住了一个女人，所以你不会杀一个同她一样无邪的女人。

甘左严愣了一下，他想，难道自己昨天也喝醉了？还在阿庆面前口无遮拦地提起了春小九？甘左严望着阿庆的赤脚，那些娇小的脚指头，又让他止不住想起了欢乐坊里的舞娘春小九。春小九曾经热气腾腾地说，甘左严你娶我。我想住到南麂岛。那里有许多会漏风的石头房子。

跟我回去。阿庆说。

跟你回去就是死路一条。

你又错了。阿庆说，真正的锦衣卫已经出现了，他们总共四个人，带队的人名叫田小七。我哥说田小七还有个名字叫小铜锣，他原本以为你就是小铜锣。

甘左严突然就没理由地笑了，他说，真是荒唐，怎么突然来了这么多锦衣卫？

阿庆看着他说，这个我暂时不可以告诉你。

事实上，甘左严是想起了差不多十年前的另外一片海滩。没有人会知道，除了昨天死去的驼龙，他和小铜锣都曾经出现在福建水师的同一条战船上。那是一艘可以容纳百人的大船，底尖上阔，船尾高耸。和小铜锣一起站在迎风击浪的船艄，他手握着刀柄，威风凛凛。甘左严甚至记得，他们的船上装配了六门佛朗机，三门碗口铳，还有二十门迅雷炮，至于弩箭和火药弩更是不计其数。那天，在海滩上和刚刚登陆的丰臣秀吉的一支日军小分队遭遇时，小铜锣让甘左严掩护重伤的陈丑牛撤退，但陈丑牛后来却被滚龙绞击翻在地，他在沙滩上跪着一条腿，叫喊着杀啊杀啊，不用管我，小铜锣你杀啊！然后就被一名日本兵的鸟枪给打爆了头，脑浆四射。

那场战役后，小铜锣和驼龙便对战友甘左严咬牙切齿，他们说，让你保护陈丑牛，但为什么死的不是你？甘左严什么也没解释，只是看了一眼陈丑牛留下的一堆遗物，默默地离开了那条船。

想到这里时，甘左严又笑了，仿佛要笑出一把泪。

甘左严再次见到蛇熊的时候，蛇熊大笑着从那截树墩凳子上一不小心掉了下来。蛇熊拍拍身上的细沙说，我就知道你会回来的，这么久的感情了，就是扔进大海也会被无情的浪头给抛上来。

蛇熊乐此不疲地经营着来来往往的走私生意。他的货物在福建南岸的漳州月港卸船后，每次都需要偷运来月镇。甘左严上一次在月镇，就是负责替蛇熊押运那些零零总总的走私品，然后再送进月镇的地下仓库。蛇熊第一次见到甘左严时，被扛在他肩上的那把长刀给吸引住了。他说，刀不错。他又盯着甘左严的那把银酒壶看了很久，又说，要不人也留下吧。但是令蛇熊恼火的是，不到一个月的工夫，这个姓甘蔗的甘的镖师就在月镇消失了，所以他那时就想，这家伙来无影去无踪，会不会是朝廷派来搜罗他们海通帮走私证据的锦衣卫？当然，他还是想念甘左严的那把长刀。

半个多月前，蛇熊的人员截住了一支来自日本的使团，听说他们是远道而来和皇帝议和的，先前在福州下船后参观了几天。蛇熊隐约知道，这应该是双方朝廷的第二次议和，第一次是在八年前的万历二十年。那一次，发动朝鲜战役的日本太阁丰臣秀吉据说被签订议和书的翻译要了一回，但他再次入侵朝鲜时却运气更差，竟然在将要攻下朝鲜时因病死翘了。那么这一次的议和，肯定是新上任的德川家康，也就是丰臣秀吉的死对头，他一定是觉得仗不能再打下去了。但是蛇熊管不了那么多，他甚至将京城前来迎接日本使团的锦衣卫小分队也一同给绑架了。又过了几天，蛇熊安插在京城里的探子送回来消息，又有一帮锦衣卫从京城一路赶来了，他们要救人。救人？蛇熊想，来一个灭一个。蛇熊还想，议和议和，议个鸟和！他巴不得这个操蛋的朝代战事连连，打它一个底朝天。他特别喜欢的是热闹。

3

青草姑娘身上的确有着青草的气息，她穿着绿色的衣裳，走得不紧不慢，像一棵移动的草。她那天带田小七去找一家铁饼说的客栈的时候，听见土拔枪枪抽了抽鼻子肯定地说，福建的草闻起来和京城的不怎么一样。

在此之前，田小七掏出银子在替青草赎身的同时，希望铁饼能告诉他镇上一些客栈的消息。

你想要了解什么样的客栈？

田小七想了想说，越邪门的越好。

铁饼于是将一个账本扔在了桌上，那是他记录下的月镇各家客栈详细收支。田小七翻来翻去，最后将目光落在了悬祥客栈上。这是一家连年亏损却又从不肯关闭的客栈，而且坐落在镇子的东出口，来往很是方便。

你很聪明，田小七听见铁饼说，那里住着蛇熊，他就是一个朝廷通缉的走私犯，把良心都给走丢了。

铁饼咬牙切齿地说，他欠了我那么多的赌债，你要是有功夫，帮我一刀宰了他，我请你吃生蚝。然后铁饼一瓢水浇灭了烧烤架上的炭火。随即那些烟雾就湿漉漉地升腾了起来。

跟随青草走进悬祥客栈的时候，田小七抬头，很快就笑了。那个抓着一块抹布站立在墙角的店小二，他无论如何都觉得十分眼熟。小二后来给他端上了一锅白煮蛏子，田小七朝他笑了一下，他说，我认识你，你叫程青。小二好像什么也没听见，他只是说，客官，这蛏子很新鲜，昨天刚捞的，你们趁热吃。这时候，田小七朝门外望了一眼，他抓着手里刚剥了一半的蛏子说，程青你可能要倒霉了。

田小七说完，刘一刀和唐胭脂便清楚地看见，几个冲进来的彪形大汉果然将离开酒桌的小二给围在了中间。程青这时发现，自己眼前已经没有了路，他很无奈地拔出腰间藏得很好的短刀，狠狠地瞪了一眼田小七，说，小铜锣，你竟然出卖我！

土拔枪枪很开心地从桌子底下钻了出来，他想这个千户大人肯定还不知道更多有趣的事情，但他看见一场厮杀已经展开，一把短得可怜的刀和许多刀碰在了一起。

程青的身手的确了得，一转眼就冲出包围圈纵身到了客栈门口，但他正要飞奔出去时，却看见甘左严像一尊金刚一样堵在了自己面前。甘左严背着一把长刀，什么也没说，瞬间踢出一条腿，将程青踹翻在地。然后他单手挥出长刀，将刀口架在了程青的脖子上。程青觉得，这一切都来得太快。

　　田小七望着一言不发的甘左严，他实在想不明白，这个令他沮丧的曾经同在福建水师服役的战友，怎么老是鬼魂一样跟随着自己。他又望着门外涌进来的阳光，感觉一切都很不真实。而甘左严脸上那把丑陋的胡子，对他来说简直就是一场噩梦。

　　甘左严在门前让出一条道，令田小七更加诧异的是，从门口那边慢条斯理走进来的，竟然是铁饼。铁饼朝嘴里扔进了两片铁观音，咬着叶片对地上的程青说，你长着一张官府的脸，吃东西很慢，走路的时候每一步都要踩踏实。还有，你袖口里的皮肤很白，日子过得不错，所以你不会是一个扛活谋生的小二，很可能就是锦衣卫。铁饼吐出嚼烂的叶片，又说，你是在我们绑架日本议和使团的时候漏网的，那么你是接船的锦衣卫的队长。我说的对吗？

　　田小七从凳子上噌的一声站起，他看见甘左严背对着铁饼，一双眼如刀光一样劈了他一下。然后铁饼笑了，对着田小七说，原来还有这么多的锦衣卫，都快把这个客栈给挤破了。

田小七看了一眼四周，发现身边的青草不知何时已经躲到了门前的柜台边，而刚刚从京城回来的客栈掌柜来凤姑娘此时正在柜台里拨弄着算盘，她在忙着给另外一桌的客人结账。来凤的一口官话很是地道，她说，你们动手之前想想清楚，这里的桌椅都是新添的。悬祥客栈没怎么赚过钱，要是靠桌椅赔钱赚了一票，那真成了一个笑话。这时候，刘一刀走到田小七身边，苦笑了一声说，我们真的中计了。

铁饼笑了，他说，田小七，我早说过，世界上只有刚刚说话的这个家伙最聪明。铁饼说完，程青梗起脖子就想从地上跃起，但甘左严的刀口却严密得像一把铁锁。程青的目光笔直地射向田小七，他咬着牙关蹦出一句：原来你就是鬼脚遁师田小七，你今天别想走，我要抓你回去！

大人，你觉得他还能走到哪里去？铁饼拍了一声巴掌，土拨枪枪听见脚下的地板嘎吱嘎吱响了一通，然后就忽然塌了下去。田小七在坠落的时候看见，眼前的世界天旋地转。

4

礼部郎中郑国仲一个人走在前往翊坤宫的路上，他几乎能听见自己魔咒一般的心跳声。就在刚才，为了支走前来传话并且随行的太监，他找了一个堂皇的理由，说是想独自看一眼宫中萌动的春色。事实上，他心里的事情早比这春色还要拥挤。

皇上为何会传他去翊坤宫里相见？那是郑贵妃也就是自己妹妹的寝宫。难道是为了家事？可是好像又有点儿说不通。那么，会不会是自己一直担心的那个消息已经传开？想到这里时，郑国仲觉得自己杀朱棍还是太晚了。这个像八爪鱼一样的恶棍，虽然已经死去多日，却还是时不时出现在他冷飕飕的梦里。如果事实的确是自己所想的那样，那么，他们郑家所有的荣光都将化为灰烬，更不用说父亲盼望多年的赢下那场国本之争，立自己的外孙福王朱常洵为太子。

郑国仲仿佛已经看见，一旦事发，燎原的火势将无法控制，所以他感觉后背一阵彻骨的冰冷。

郑国仲记得，自己上一次见到陪在皇帝身边的妹妹郑云锦还是去年的秋天，但那是在养心殿。自从张居正死后，轰轰烈烈的国本之争让皇帝厌倦了处理政事的乾清宫，他躲猫猫一样的身影经常出现在连内阁成员都意想不到的地方。那次见面，皇帝正和郑贵妃一起吃着火焰一样鲜红的石榴。郑国仲站在皇帝不远的地方，看到皇帝嘴唇上沾了一粒石榴暗红色的碎屑，像一颗不经意的肉痣。皇帝说，郑郎中，咱们之前说过的锦衣卫"北斗门"现在可以秘密组建了。但我想问你的是，假如是你的亲人叛乱，你杀不杀？

郑国仲看了一眼郑贵妃，他说，身在朝中，我的眼里就没有亲人。

皇帝有点儿失望，他叹了一口气，说，你真会说话。可是连亲人都不认的人是不是很可怕？

但比起没有国家，这根本算不了可怕。郑国仲说，国家为重。

你这话说得跟你父亲一样铿锵，只是听起来端正得有点儿无趣。朕其实只是同你开个玩笑，别老是这么正儿八经的，天塌不下来。皇帝仔细看了一眼坐在身边的郑贵妃，随手给郑国仲扔去了一个石榴，说，来，一起吃。

郑国仲差点儿就没接住。

现在，郑国仲再次站到了皇帝和郑贵妃的面前，他看见皇帝的脸上表情很细碎。而郑贵妃的一双眼也没有去年秋天的石榴那么火红，她一直聚精会神地望着脚下的毡毯，仿佛要在那里寻出一根刚刚掉落的绣花银针。

郑国仲感觉后背已经泛起一些细小的汗珠。

我等了那么多天的议和使团你给接到哪里去了？皇帝终于说。

郑国仲舒了一口气，又听见皇帝说，听说你让一个打更的去营救了？你说这个程青怎么就这么无能。等他回来让他和更夫互换，我派他去风尘里那片街区当更长。

郑国仲缓缓抬起双眼，他看见郑贵妃正诧异地望着自己。他想，很多时候，世间有太多的事情，真的就如同一场笑话。

这天的后来，万历皇帝朱翊钧被沉沉的睡意所困扰，郑国仲望着伺候皇帝躺下的郑贵妃从暖阁里走出，许多话不知从何说起。

郑贵妃站到他对面，轻声说，我去看过父亲，他的瘀滞症好像更严重了。

郑国仲点了点头。但他想和郑贵妃说的并不是这些。福王的鼻血你不用担心，皇上没把这事情放在心上，他说总会好的。还有其他的吗？郑贵妃犹疑着把视线落在了郑国仲的脸上，等他跟随自己一起走到门口时才说，你是让小铜锣去了福建？他一个打更的怎么能行？他还有你并不知道的另一面，郑国仲目光一转，紧盯着郑贵妃说，可是你又是怎么知道这件事情的？他走之前来找过我，给我留了一张纸条。纸条上说了什么？郑国仲的声音陡然阴沉了起来。郑贵妃有点儿凄然地笑了。扭头躲开郑国仲的视线，她让眼光落得很远，说，他要我处处小心。可能是觉得自己从福建回不来了。

郑国仲像是被冻住了一般。很久以后，才自言自语地说起，看来我们都要小心。又说，不过你不用担心小铜锣，他不会有事。

5

田小七重重地摔在了地底下的通道里，还没等他回过神来，头顶就有一张巨大的网落下，将他和土拔枪枪他们全都覆盖在了一起。那一刻，他觉得兄弟四人仿佛成了被一网打尽的鱼。

唐胭脂安然若素，他在整理着刚打了一半又被搅乱的辫子。就在刚才，在脚下的地板裂开之前，他还用手指蘸着煮蛏子的清汤，在桌板上仔细地画了两笔。田小七发现，那是小半个月亮的图案，他在铁饼的手臂上见到过这样的文身图。

唐胭脂又将那条辫子给拆了，他披着渔网，淡淡地看着田小七，叹了一口气说，人终归是活不长的，我们骑了这么多天的马好像是专门来送死的。

程青从那段台阶上被带了下来，他的一双手被反绑着，身后跟着笑呵呵的铁饼和木头一样的甘左严。程青在渔网前站定，冷冷地看着田小七，他说，你也有今天。田小七无奈地摇头，只是叹了一口气。

甘左严抬腿朝程青的腿窝处踢了一脚。程青倒在地上，满嘴是泥。

铁饼笑得更开心了，他又从嘴里吐出两片嚼烂的铁观音，说，田小七，看来我们有同样的爱好。

田小七摇了摇头，他说，其实我一点儿都不喜欢烧烤，铁饼你那蒜蓉放得太多，吃得我想吐。

我说的肯定不是生蚝，我是说我们都有好多个名字。铁饼说，我还有个名字，是叫蛇熊。说完，他在胸前捧着自己的拳头，差点儿就笑得窒息了过去。他说，你相信吗，我欠了自己一屁股的赌债，我现在恨不得宰了我自己。

整个地道回荡着蛇熊鬼一样的笑声。

几个人最终被捆绑着投入一间地牢，铁门锁上时，程青非要挣扎着过去踢一脚田小七。田小七觉得，这个向来自以为是的锦衣卫千户，很多时候其实是笨得像一头猪。刘一刀狠狠地说，程青你闹够了没有，难道还要小铜锣给你看北斗门的令牌吗？程青顿时像一截霜打的茄子，就那样颓丧地坐了下去，他骂田小七他们就是一群猪，竟然被一个走私犯给骗了。

我们还是一群骑着马远道而来的猪。唐胭脂对着眼前的一堵墙壁说。

这天的后来，田小七翻来覆去地想着甘左严那把杂乱的胡子。而这时间里，程青却用早就准备在手里的刀片切开了自己的绑绳，他揉揉自己的手腕，冲到田小七跟前胡乱地在他身上摸索。最终找到那块镏金的令牌，在看到令牌上刻着的北斗七星时，程青将自己的脑门朝着墙壁撞了过去。他说，鬼脚遁师田小七，你不是很有本事吗？那你就再来一次劫狱啊。

可是田小七只想知道，那些被绑架的使团人员此时是被关在哪里。

在程青的记忆里，锦衣卫小分队那天带着使团人员前往月镇，他是一个人先去寻找客栈。可是等他回去时，所有的人都不见了。程青只是在一棵枯树干下发现了满身是血的关英。关英告诉他，所有的人都被绑走了，包括那个名叫中山幸之助的团长以及翻译千田薰。被带走的时候，千田薰哭得泪水涟涟。

程青一个人把月镇的里里外外都寻遍了，最终将目光投向了可疑的悬祥客栈。他隐身观察了好多天，发现这里简直就是一只密不透风的箱子，之前所有的线索都断了。程青后来只能化装成一个流浪者，在客栈里找了店小二的差事，无声地潜伏下来，期待着关英可能会从京城召来的援兵。

6

甘左严背靠池塘边一棵巨大的榕树。月光下，他抓在手里的那只银色酒壶闪闪发光。阿庆坐在他对面，抱着自己的一双腿，把脸贴到了膝盖上，她觉得甘左严就像一个落魄又不修边幅的富家公子。她说，甘左严你肯定有很多故事。这时候，她看见一片光泽饱满的榕树叶子缓缓飘落在了蓝色的水面上，是那样地抒情，于是就说，我已经认识你两天了，时间过得真快，就要第三天了。

甘左严凝望着那片寂静的水面，对着月光的倒影继续仰头喝酒，一口一口分得很清楚。他说，是的，你已经监视我两天了。你哥对我还是不放心，我已经厌倦了这里的生活。

你又想去哪里？

去一个官府找不到的地方，没有锦衣卫。

我也想去那样的地方，我可以陪着你。

你会后悔的。甘左严看上去有点儿凄凉，他说，所有陪着我的人都会倒霉。

阿庆看着甘左严把酒一滴一滴地倒进嘴里，他好像一辈子都在喝酒。然后她听甘左严说，那次离开月镇后，他带着蛇熊给的工钱直接回了离京城不远的老家，准备去给小妹置办嫁妆。但踏进县城的那一刻，他才知道妹妹已经投湖自尽，她是被县令给奸污了。甘左严于是在一个深夜潜入县令的宅院，手起刀落时，却发现被自己割去脑袋的是前来视察的府尹，他把人给杀错了。府尹这天借宿在县令家中，他是在半夜起床撒尿的时候碰见了蒙面的甘左严毫不留情地拔出一把刀。

阿庆一直看着水里的那片月光，她觉得那是甘左严化不开的忧伤。她想就这样一直陪着甘左严。她说，甘左严你知道吗，这个池塘是叫月塘。

甘左严什么也没说，阿庆看见他已经睡着了。

7

程青没有想到，自己所带的原先锦衣卫小分队的其余人员，就被关在与他们这间地牢相通的另外一个暗室里。但他们一直昏睡不醒，一个个四仰八叉地躺在地上，像是遗忘了整个的世界。

到了三更时分，那些锦衣卫突然睁开眼，他们在空中摸索着，犹犹疑疑地站起身子。还未等程青缓过神来，这群人就张开血盆大口，朝着田小七他们猛扑过去。

他们这是中了毒蛊了，刘一刀大叫一声，神志迷乱，六亲不认。

田小七跃起身子，向后退出一丈来远，站定后冷冷地盯着程青。程青只说了一个字：杀！

唐胭脂不紧不慢地退到墙角，他看见田小七抓起地上一把短刀，猛地刺向一名锦衣卫的心窝，一股墨汁一样黑色的血瞬间喷了出来。锦衣卫倒在地上，挣扎了几下，一群蚂蚁和细小的蚯蚓就连绵不断地从他嘴里和手脚上的血管里挣脱出来。它们纷纷探出黏稠的脑袋，最终在唐胭脂细长娟秀的丹凤眼里爬了一地。

田小七后来在一阵无法抗拒的虚脱中昏昏沉沉地入睡，清晨到来之前，他遇见了一场恐怖的噩梦。在那个令人窒息的梦里，他看见三只巨大的蚂蚁心怀鬼胎地爬上了郑贵妃的额头。那时，翊坤宫里的郑贵妃正熟睡在窗外一场连绵的阴雨中。三只全身泛着青光的蚂蚁相互碰了碰触角，磨了几下牙关，又慢吞吞地朝着郑云锦的耳孔处爬去。这让梦中的田小七陷入异常的绝望和紧张，他踢蹬着双腿，感觉所有的一切都已经回天乏术。而事实的确如此，田小七随即听见，三只蚂蚁在郑云锦的耳朵前窃窃私语，它们咬牙切齿地说，株连九族，杀无赦！郑云锦胆战心惊地从雨中坐起身子时，田小七也终于猛然惊醒，他发现自己像被人泼了一盆水，全身已经湿透，在乏力的同时又感觉十分口渴。

那天，地牢里的田小七抱着一个冰冷的秘密瑟瑟发抖。他记起了不久前的那场劫狱，在离开北镇抚司诏狱的马车上，朱棍咬着自己的耳根说，我有一个天大的秘密：郑贵妃是日本人。田小七猛地将头转了过去，望着笑容阴险的朱棍，他恨不得一刀就捅死他。但朱棍却继续说，郑贵妃很小的时候就从海岛那边被送了过来，她坏了大明王朝的汉室血统。居心叵测，杀无赦！

　　田小七听见一阵狂风从耳边卷过，朱棍依旧在那阵狂风里嬉皮笑脸地说，你不要不信，我手上有证据。郑贵妃左脸的颧骨处有一条狭窄的骨缝，她后背上可能至今还有一块淡青色的胎斑，那全是倭贼的胚种。实话告诉你，郑云锦在街上被郑太傅收养的那年，我刚好就在郑太傅的马车旁，我看见满落法师摸了摸郑云锦的脸颊，又掀开她的后背看了一眼。他很失望地说，虽然是母仪天下，却终究会是人财两空，血光之灾。

　　田小七还记得，那辆马车在京城的夜色里迅速穿行，拐进唐神仙胡同的时候，朱棍又阴冷地笑了。他说，我早猜到了，郑国仲让你来救我就是在救他自己。田小七觉得，朱棍那时笑得就像一只尖嘴利牙的老鼠。

8

悬祥客栈掌柜来凤在这个清晨抬腿踢了踢熟睡在大堂里的蛇熊。蛇熊真像一只熊，他就躺在几张合并在一起的长条凳上，打着雷声一样的呼噜。他鼓胀的肚皮露在衣衫外面，如同一只身孕了很久的青蛙。

来凤又踢了一脚蛇熊，蛇熊翻一个身，从凳子上滚了下来。他听见来凤说，你自己看看这些被砸碎的。

蛇熊趴在地上，抓了一把脸说，赔！

地底下那帮人怎么办？

一个不留，都杀了！蛇熊说。

月镇不是你蛇熊一个人的，把他们都给放了，不然官府会把这里给踏平。来凤望着门外，语调悠长地说，现在还来得及。

蛇熊扑哧一声笑了，怎么你们京城来的都是一口官府味儿。

敢问一下来凤姑娘，你现在的官位是几品？是不是每天都要见皇帝好多次？

来凤说，蛇熊你是活腻了，做下那么多的事情，你早已经欠下朝廷好多个脑袋。

整个上午，阿庆都拖着甘左严，拼命地想带他去海边。甘左严踩着脚下的一片滩涂，看见那些奇怪的泥鳅张开背上两片蝴蝶一样的花翅膀，不知疲倦地跳来跳去，一转眼又不见了。阿庆说那是花跳鱼，只要甘左严愿意留下，她每天给他烧味道鲜美的跳鱼穿豆腐，日子过得跟神仙一样。甘左严盯着阿庆跑在前头的一双赤脚，想起了春小九说的南麂岛一座会漏风的石头房子。

阿庆要带甘左严去见的是一个石头做的女人，她长得很高，许多年里一直站在海边，凝望着海水的方向。甘左严看她在阳光下雍容的眼神，庄严又慈祥，他知道这是天后圣母——妈祖的塑像，阿庆他们渔民的保护神。

事实上，阿庆本身就像一条花跳鱼，跳起来按下甘左严的肩膀，她要甘左严跪在妈祖的面前。她说，你心里有什么话，去跟妈祖好好说，她会保佑你的。剩下没有说完的，我去跟我堂哥说。

甘左严跪在那片滩涂上，望着泥浆中钻进钻出的花跳鱼，他突然开始害怕这些花跳鱼跳进自己的身体里去。海风将一些细小的沙子吹进他眼里,仿佛是掉进去了一些辣椒酱。他觉得那片海有点儿模糊,好像很遥远。

9

土拔枪枪解开布囊，抓出里头的两把铁锹。他想，早知道这样，当初老王家的新铁锹就应该买四把。然后他仔细看了一眼众人，最终将另外一把铁锹交到了刘一刀手里。他说别等了，动手。

土拔枪枪蹲下身子挥起铁锹，屁股底下很快就堆起一层新鲜的土，好像是他生出来的一小堆孩子似的。唐胭脂用细碎而洁白的牙齿，咬着辫子笑了。

刘一刀挥汗如雨的时间里，田小七终于听见墙壁那头传来一些嘤嘤嗡嗡的声音。他指了指那堵潮湿的砂石墙，土拔枪枪举起的铁锹便眼花缭乱地挥舞了过去。

程青果然在挖开的墙壁那头见到了千田薰，千田薰嘴里塞满了抹布。日本议和使团的十多个人员都在，他们所有人都被锁上了琵琶骨，全被一根铁丝缠在一起，如同一串煎熬的蚂蚱。程青扯去众人嘴里的抹布后，千田薰疲倦地整理了一会儿下巴，咬着牙齿好像对田小七背了一句含糊不清的诗。据说他是本州岛冈山县小有成就的俳句诗人，而且热爱唐诗。程青苦恼地说，千田翻译你不用对暗语了，我认得你，这些都是自己人。千田薰又绝望地上下捏了捏自己的嘴巴，这回大家终于听清，他原来是在说，劳驾帮个忙，剪断烦恼丝。他说的烦恼丝是指穿过他琵琶骨的那根铁丝。

这时候，唐胭脂发现抓在手里的一缕头发渐渐飘动了起来。他知道，那是地道里正吹过一阵细小的风。唐胭脂抬头，又看见一群慌张的蝙蝠飞了过去。田小七站到了地道中间，他让那阵越来越响亮的风声从自己耳边迅速掠过，在风声的尾巴里，他的耳朵终于抓取到了一排整齐有力的脚步声。田小七于是想起自己在福建水师训练时的地下行兵，他判断出这是一队训练有素的兵勇，正从地道那头列队行进过来。他甚至可以听见风的脚步踩过一排刀口以及铁枪头时的声音。

程青于是知道，那是蛇熊的精锐截杀团，当初关英他们就是败在截杀团的手中。

田小七即刻带领众人闯入另一条相邻的地道，但他在转了几个弯后发现，土拔枪枪并没有跟上。他这才想起，刚才离开的时候，拼命挖土的土拔枪枪整个人都陷在他新挖出的地洞里，自己竟然把他给忘了。

田小七正想回头叫上土拔枪枪的时候，隐约听见头顶的土层上掉下一个熟悉的声音。他踩上刘一刀的肩膀，将耳朵贴了上去，他于是听见蛇熊的跺脚声，以及他和一个女人的争吵声。然后有一把算盘珠子拍落在了桌上，那是来凤。来凤说，阿大说了，一意孤行就是玩火。此时，一个清脆的声音像是从草尖上掉了下来：别争了，一个都别想活。他们刚才闯进了死门，就等着收尸吧。田小七瞬间明白，刚才最后一个转弯时，面对的那扇铁门竟然是生死门。而自己并没有进入生门，而是进入了一条不归路：死门。

田小七缓缓坐到地上，看见唐胭脂一把辛酸的眼神。在这段漫长的寂静里，他昏睡了过去，耳朵里仿佛灌满了一阵海水的声音，然后他看见当年的战友陈丑牛正从海的那边踩着浪花向他走来。陈丑牛说，小铜锣，你见到驼龙和甘左严了吗？

田小七后来感觉屁股底下被人推了一下。他站起身子，怔怔地望着脚下的泥层。没过多久，一个闪亮的铁锹头就勇猛地穿插了上来，如同一截新鲜的笋。接着是哗啦啦的一声，刘一刀和唐胭脂都惊喜地发现，土拔枪枪猛地就从土层下跳了上来。土拔枪枪抖抖身上的细沙和泥块，像一只破土而出的穿山甲。他说，你们怎么都在这里，难道是我挖回来了？他记得就在刚才，自己还觉得福建月镇的泥层太过松软，容易让他迷失方向。土拔枪枪斜眼看着众人，从刘一刀手里收回那把铁锹。他说，我刚才好像听见海水的声音。田小七即刻就笑了。他看了一眼身后的那堵墙，提起拳头砸了下去，说，枪枪，挖！灰头土脸的土拔枪枪又扑了上去，铁锹挥动起来，那些泥土纷纷落地。土拔枪枪实在是有着使不完的力气。

10

这天深夜的月镇和昨天没什么区别。甘左严还是靠在池塘边的那棵榕树下，一如既往地喝他一个人的酒。他记得阿庆已经来来回回地跑去客栈里帮他打了三次酒，这个从来没有忧愁的姑娘，她在月色下跑动起的身影，好像已经在自己身边待了好多年。

甘左严望着如水的月光，感觉眼前的池塘仿佛要比昨天宽广，它好像是长大了。风吹皱了水面，甘左严在榕树脚下翻了一个身，一不小心，那只酒壶却扑通一声掉进了水里。阿庆顿时笑了，她看着月光下渐渐荡开的波纹说，放心吧，你的酒壶和你一样淹不死，不过你吵醒了水底睡觉的鱼。

阿庆找来一根竹竿，站到水边去打捞那只空酒壶。甘左严在她背后，看着她努力的样子，有点儿担心她会一不小心掉下去。可是酒壶却慢慢漂走了，它似乎认准了一个方向，存心离阿庆的竹竿越来越远。

甘左严抬头看了看散漫的月光，又重新盯着那只一意孤行的酒壶，感觉它根本就没有停下来的意思。然后他站起身子，望着那片原本静止的水面，发现不远处的那截土堤下，突然就冒出一个越来越大的漩涡，只是一转眼的工夫，就把那只漂浮的酒壶给一口吞了下去。

土拔枪枪的铁锹一直没有停止，地层里涌出的氤氲水汽里，他抖动在新挖出的地洞中的身影越来越模糊。土拔枪枪又一铁锹挥了下去，这回他听见铁锹头上传来湿答答的声音，有一些飞溅出的泥浆洒了他一脸。他回头看了一眼田小七，发现田小七正死死盯着他的一双脚。在他脚下，从土层中渗透出来的细水流渐渐汇聚到一起，很快就盖过了他的脚掌。土拔枪枪管不了那么多了，他挥起转动的铁锹一次又一次地砸落下去，直到最后，他干脆猛地抬腿，一脚就踹了过去。那一刻，田小七看见一股汹涌的山洪像猛兽一样冲了进来，瞬间将目瞪口呆的土拔枪枪推倒在地。

11

  甘左严有点儿奇怪，他感觉池塘的水似乎被谁收走了一些，水面正变得狭窄。然后刚才的那个漩涡突然就不见了。只是一瞬间，池塘那边一整片的水猛地塌了下去。

  甘左严和阿庆同时看见，那个一直沉落在水底的月亮，此时有点儿慌张地抖动了一下。

12

　　我挖到海了，土拨枪枪跌坐在喷涌的水柱里大喊，湿透的全身像是一个露出水面的妖怪。他正要站起身子时，洪水中飞出的一只银酒壶直接就砸中了他的脑门。

　　田小七那时看见，成群结队的月光将洪水染成一片深蓝色，它们拼命地挤了进来，撞击着土层，将眼前的一切彻底冲垮。

　　截杀团闻风而动，他们挥舞着刀枪列队扑向田小七时，成排的洪水迎面而来，势不可挡地将他们掩盖了过去。

13

　　跟我一起游出去，田小七大喊一声。他望着已经漫过腰身的水流，突然觉得这是一场无比新鲜的劫狱。而就在刚才，他尝了一口飞溅到嘴边的水花，味道却不是咸的，他于是就笑了。

　　田小七他们像一群鲜活的鱼，一个个从水底中钻出时，看见头顶的月光如同被谁清洗了一次。可是他们随后发现，气急败坏的蛇熊早已等候在月塘边，身后站着的，却是一株竹子一样修长的青草。月光下的青草是墨绿色的，她这时的头发一点儿也不乱，一根一根梳向脑后。她很是威严，一脚踩到蛇熊身前，目光如同一条蛰伏多年的蛇，盯着田小七，青草突然挥了一下手，不容置疑地说，一个都别想活。声音砸到水面上，即刻就有一排弓箭朝着田小七他们飞了过去。弓箭切开成片的月光，让这个夜晚顿时变得支离破碎。

田小七按住千田薰的脑袋，和他一起沉入水底，朝着一片更远的水面游去。所以千田薰并不知道，就在这段时间里，唐胭脂曾经像一条飞龙一样跃出水面，半空中他身上的水珠不停地往水里掉，像是一只打水的竹篮。这时候他甩了一把辫子，藏在其中的七根钢针就盯着青草身边的弓箭手追了过去。钢针迅速扎进弓箭手的眼珠，让他们瞬间发现，这一晚的月亮突然就鲜红得像一摊溅开来的血。

　　青草夺过身边的一把弓，她看都不看，直接拉成满月，朝着唐胭脂射了过去。唐胭脂的身形急转，空中旋转时妖娆得像一条水蛇，避开了那支呼啸的响箭，直接再次蹿入水中。水面瞬间平静，在许多人瞠目结舌的视线中，只有唐胭脂纵身跃出水面的样子，像海市蜃楼一般一次次重演。

14

　　一行人匆匆上岸，狂奔到一片潮湿的滩涂时，涨潮的海水像疯子一般朝着岸边奔涌过来。

　　和刘一刀一样，土拔枪枪从来没有见过海。他之前只是听刘一刀说过，如果找不到西域的那个术士，只要泡在海水里躺他个三天，估计也可以将个子长高。刘一刀说海水能把你的身子托起，你可以在上面洗脸睡觉。等到睡醒了，身子就和吉祥一样高了。土拔枪枪说，刘一刀你吹牛。

　　一路追赶而来的蛇熊跑得气喘吁吁，他始终跟在青草身边寸步不离。田小七发现，月光下的青草，此时已经换上一身锦衣华服，她安静地坐在一乘典雅的轿子里，眼光依旧是墨绿色，像墙角处一只深思熟虑的猫。给她抬轿的，是四个熊腰阔背的女人。田小七想起，那天，也就是她们将青草踢倒在了铁饼的烧烤摊前。

青草抽出一把短刀，在锵啷一声的铁器鸣响中，用短刀指着天空说，姓田的，明天晚上，月亮初升，拿你们几个来祭月。

田小七盯着青草那张不停摇晃又似乎不再稚嫩的脸，终于想起地道里那个像是从草尖上掉落下来的声音。他说，果然是你！

青草笑得很冷，事实上，她的确并没有那么幼稚年轻，不过是童颜未曾被人识破而已。月光钻进她的脖子，田小七看见那里隐藏着一道道细密的褶皱，犹如一条晾在阳光下等待风干的咸水鱼。这时候的青草愤怒了，她喷出一口鱼腥味，说甘左严，你还不快动手？

程青觉得青草的目光突然变得如同锋利的茅草，他退后了一步。

甘左严冷冷地盯着田小七，一步步走向青草的轿子跟前，却被蛇熊提起的一把长枪拦住。蛇熊说，教主闻不得你的酒味，你离她远点儿。甘左严这才知道，原来海通帮就是满月教，而一向青涩的青草却是隐藏在幕后的教主。他于是跪了下去，抱着麻布包裹的那把长刀说，请教主看好了。然后他解开线绳，抽出长刀，并且让月光在刀身上缓慢地走了一回，仿佛是将长刀在月光中清洗了一次。但他走向田小七时，却猛地一个转身，刀尖死死地插进了蛇熊油光发亮的肚皮中。那一刻，蛇熊诧异地望着甘左严，海风吹动起甘左严的胡子时，他仍然不愿意相信插在肚子里的刀背是真实的。此时甘左严再一次发力，将整把刀子朝着他的后背推送了过去。蛇熊终于听见自己的许多肠子被拦腰切断了，然后他看见甘左严背对着他，手腕一抖，这回是真实的，冰凉的长刀在他的肚里略带迟疑地转了一圈，便有很多滚烫的茶水顺着厚厚的刀背流淌了出来，甚至有一片铁观音楚楚动人的叶子。

蛇熊咬着牙关说，这刀真的不错。

又说，甘左严，你真狠。

甘左严将刀拔出，蛇熊肚里喷溅出的血冲到了他堂妹阿庆慌张的脸上。

但是蛇熊还是和水底的海螺一样长寿，甘左严奔向田小七他们的时候，他依旧带领截杀团朝着那帮人扑了过去，青草看见他身后挂着一截长长的肠子，像一条无处安放的尾巴。蛇熊跑了一段距离，最后终于抱着自己的肚皮扑通一声跪了下去，他仔细收回自己裸露在外的那段肠子，想把它们统统都给塞回去。此后，他便再也没有站起来。

青草望着地上的蛇熊，不禁一阵失望。掀开铺在身下的毯子，抽出一支箭，手上的那把弓又被拉成了满月状，她异常安静地对准了甘左严。可是箭羽脱手的那一刻，她看到一个赤脚腾空的阿庆飞了起来，一支亲切的箭发出一声脆响，钻进了阿庆的身体。

甘左严不顾一切地冲出，伸手胡乱抓住了朝他飞落下来的阿庆。两人一起倒在地上，甘左严看见青草涂了毒液的铁箭头正好射中阿庆跳动的胸脯。阿庆的嘴里冒着血泡，她在甘左严的怀里凄惨地笑了，说，我们去一个官府找不到的地方，你娶我。

甘左严的耳里灌满了海水冲上礁石的声音，他说，阿庆你为什么不信，陪着我的人都是要倒霉的。

阿庆微睁着双眼，吐出一口血泡，笑得很安静，说，我不后悔。说完，她看见眼里被挤成一枚铜钱一样大小的月亮突然掉落了下去。

青草提着那把短刀，从轿子上猛地站起，又踩到两名轿夫的肩上。她突然就笑了，朝着远处飞扬的尘土叫了一声，满月教，一战到底。杀！隆隆的马蹄声就是在这时传来，田小七看见奔跑在马背上的满月教教众持刀挥剑，如同一群武装到牙齿的蝗虫，卷起尘土和泥浆疯狂地压了过来。那时候，青草依旧站在半空中，她盖住身后整片的月光，喝令手下，一个不留！

但是青草没有想到，她那帮疯狂扑上来的教众身后，还紧跟着福建巡抚闻讯派来的一队兵勇。事实上，为了剿灭依靠海通帮的走私发展起来的满月教，巡抚已经在朝廷三番五次的勒令下等候了很多年。这天，在铲平了月镇的地下堡垒后，巡抚率兵追赶着青草的地下截杀团残部，一路疾驰过来。

来凤也出现在巡抚的身前，她看着青草的部下一批批地倒下，血染红了海水，她指着青草说，你罪该万死。青草迎着来凤，再次搭起满月弓，吐出一句：月镇是我的。来凤抓起一把算盘珠子，远远地朝她飞了过去。弓箭落手，青草的眼眶嵌进了一枚算盘珠子，血流淌了下来，血污让她的脸变得十分邪恶。她回头看了一眼倒下的部下，像看着萧瑟得不能再萧瑟的秋色和荒原。大势已去，她终于绝望地瘫坐到地上狂笑起来，最后朝嘴里猛地灌进一瓶酒，又抓起地上的一把火，就那样吞了下去。对着云层中摇晃的月亮，青草引颈长啸了一声，随即喷出一口火。她平稳地坐定，整个身子毕毕剥剥地燃烧了起来。海风凶猛，吹起她长发上的烈焰，吹走她锦衣华服颓败的碎片。田小七和甘左严看见，她最后烧成了一堆四处飞扬的灰。

15

那天，甘左严和田小七就背靠在妈祖神像的脚下，来凤让伙计抬来了整整一缸酒，甘左严喝一勺酒就往嘴里塞一口辣椒酱，他几乎被辣得掉出一行泪来。田小七也不停地喝酒，然后从怀里掏出一把朝天椒，对着海水无比生猛地嚼了起来。

田小七的朝天椒是离开京城前让马候炮去菜市场买的。马候炮那天在吉祥院跑动的春风里听见田小七说，嬷嬷，你能不能帮我去一趟菜场？我想买一袋朝天椒。

买朝天椒做什么？

带了朝天椒，儿子就能早点儿回来尽孝了。田小七说，朝天椒能保佑你所有的儿子都平安归来。

甘左严看着田小七的一双眼，感觉它们鲜红得像一片辣椒地。田小七又咬了一口朝天椒，望着那片海说，如果我忘不掉陈丑牛，我就不会原谅你。当初是让你保护好他的，可是你没有！

那天的后来，刘一刀指着两人头顶的妈祖神像轻声问唐胭脂，你觉得这座神像像谁？唐胭脂冷冷地说，还能有谁？我知道你是想说郑云锦。

田小七顿时愣住了，他几乎就要在妈祖像前跪下身去，然后再向她许一个愿。但是他响亮地挥动了一声马鞭，即刻就要启程赶回京城。这时，土拔枪枪急忙扔下手中的铁锹，朝着那片海水冲了过去。他刚才都忘了，按照刘一刀的说法，自己为了长高，应该在这片海水里泡上三天。

刘一刀望着土拔枪枪在海水中扑腾的样子，邪恶地笑了。

月镇里，干涸的月塘似乎成了一片下陷的水田，忙碌的村民正在那里捡拾河蚌和田螺。但来凤却在悬祥客栈里秘密地消失了，好像她从来就没有在月镇出现过。

田小七最后望了一眼月镇，随即带上使团人员赶回京城。不会骑马的千田薰，像一件行李一样，就坐在他的背后。

一路上，热爱俳句的千田薰缠着田小七没完没了，他不停地说着那些浩浩荡荡的唐诗宋词，说他恨不得田小七的快马一脚踏进喧闹而繁华的长安城，那样的话他就可以风雅无边地以诗会友。想起记忆中美丽的月塘，千田薰突然就有了诗意，然后他即兴创作了一首俳句：月镇池塘边，青蛙跃入水中天，叮咚一声喧。田小七挥了一声马鞭，尘土飞扬的官道上，他真希望京城的样子能早些扑进他的视野，哪怕只是让他回去风尘里街区再敲一回三更时分的铜锣和梆子。

第三章

1

京城里头的澄清坊大街，郑国仲略显孤单地长久站立在专供外宾住宿的会同馆门外。作为礼部主客清吏司的郎中，他专门负责接待各国的来宾使节。可是此刻，站在他身边的只有一名品级比他还低的礼部员外郎。一个正五品加上一个从五品，以这样的规格来迎接担当着议和使命的日本国使团，甚至都不用出城，郑国仲觉得万历皇帝多少有点儿没给日本人面子。他之前也建议自己的顶头上司——礼部尚书余继登大人亲自带队来迎接，可是病床上的余尚书却疲倦地挥挥手，咳嗽了很长时间才说，难道你忘了，当初代表皇上出使日本，去给丰臣秀吉下达封王诏书的只是一个猥琐的商人。

余继登说的商人是那个油嘴滑舌的嘉兴人沈惟敬，那人一度热衷于招摇撞骗和炼金制丹。郑国仲记得，就在八年前的万历二十年，为了拖延已经攻下朝鲜汉城的丰臣秀吉，沈惟敬因为经商而懂得日语，竟然被稀里糊涂地派作明廷使节。他后来和日本代表小西行长一起，两人瞒天过海，将料想必有争议的停战条款私下做了改动，使得不懂对方文字语言的明廷和丰臣秀吉都以为对方已经答应了自己的要求。但是没过多久，得知真相的丰臣秀吉就倍感羞辱，他撕毁了那张封王令，几十万人马再次出兵朝鲜。闻听信息，万历皇帝即刻命人将躲在朝鲜不敢回国的沈惟敬给抓了回来，连同对他失察的兵部尚书石星一起，投入大牢且在一年前处死。这简直是大明帝国闹的最大的一个笑话。

郑国仲十分清楚，余大人此番抑郁成疾不想再问政事，实则和不久前的陕西、山西地震，绍兴府地界涌血以及播州的杨应龙叛乱有关。那时，余继登觉得种种异象是对朝廷苛刻税政的报应，于是请求皇帝罢免了四川的矿税。但万历皇帝冷笑一声说，余大人你真好笑，我猜想你是年纪大有点儿糊涂了。

事实上，皇帝朱翊钧如此不把余继登当回事，根本原因还是这个不懂得退让的尚书，始终固执地留守在立长子为太子的文官势力一边。

澄清坊大街上，郑国仲将这一切在脑子中过了一遍之后，便依稀听见田小七他们一路疾驰过来的马蹄声。他整了整衣冠，发现站在他身边一向不够沉着的员外郎此时两眼闪光，有点儿兴奋地望着大街上马蹄声传来的方向，嘴里不停地说：来了，来了！

当晚，田小七和程青一同去了郑国仲的府上。程青向郑国仲滔滔不绝地讲述着福建之行的惊心动魄，说自己如何在月镇潜伏，又在暗无天日的地道里最终发现并救出了被铁丝穿在一起的使团。在面对残忍又狡猾的蛇熊时，他又浴血奋战力挽狂澜，从而全歼了月镇海通帮的有生势力。程青无比漫长又充满激情的叙述中，田小七几乎就是一个局外人，他后来只用一只耳朵留意着对方嘴里的峰回路转。可是即便如此，他还是感觉郑国仲的议事房里到处冲撞着程青勇敢截杀地下行兵的海通帮势力时，猛施展开的拳脚。

郑国仲望着天井里掉落的每一滴雨滴，对程青轻声说，我要为你请功，这是你拿命去换来的，需要功有所值。待他说完，披着麻布的病夫又像一摊无声的水从屏风后流淌了出来，他给了程青和田小七每人一袋金豆子。田小七随意收起那只装金豆的布袋，连正眼也没有瞧一下。郑国仲笑着说，和你当鬼脚遁师收的佣金比，这点金子是不是少得可怜？

田小七沉默了一会儿，说，我会把这些金豆子分出一半给甘左严。

甘左严是谁？郑国仲问。

我在福建水师服役时，他是我的战友。田小七说。

病夫看见程青的眼睛眨了一下，随即将头扭了过去。病夫又扫了一眼郑国仲，这才说，可是我们在程千户递交的战报里，并没有见到这个名字。你说他是叫什么严？

那天，田小七并没有和程青一同离开。他久久地坐在郑国仲对面，一声不发，好像要把这座宅院坐成他自己的家。感觉无趣的程青后来一个人走了，病夫送他到门口时，他草率地在自己头上盖上一顶斗笠，对着门板胡乱扎了一把绳带说，田小七这个打更的通缉犯，不知道天高地厚，他大概以为是可以和我平起平坐了。

郑国仲和田小七聊了很多有关于福建的话题，包括那个蛇熊。蛇熊是福建长乐人，因为朝廷的封海，当地有众多的乡民世代从事着走私。他有个乡党叫陈振龙，从吕宋岛上走私进来番薯的时候，稽查人员翻遍藤条箱子什么也没发现。事实上，陈振龙的番薯苗子就堂而皇之地绑在那只藤条箱上。在福建巡抚金学曾的默许下，长乐人后来开始种植收获番薯，并且拯救了几万名备受饥荒的灾民。但朝廷依旧控制着海上贸易，在关税收取上从不松口。蛇熊于是对此恨之入骨，由海通帮发展起的满月教反叛势力甚至渗透进了京城众多的衙门。

田小七就是在这时再次想起了甘左严，他记得甘左严的臂膀上也有一块月亮形的文身。但郑国仲看着天井中落下的雨滴说，我不关心满月教，需要操心的事情有很多。

郑国仲一滴一滴地数着雨滴，他觉得许多事情自己都应该心里有数。然后他突然缓慢地说，我想同你说一件事，郑贵妃最近一直陪着皇上在豹房里斗蟋蟀。她很好。她的蟋蟀也总是赢。

田小七盯着郑国仲看了很久，然后他终于笑了，他说，我今天把使团给接回来了，这么大的喜事，郎中大人怎么反而不请我吃酒？郑国仲也笑了，但他陪田小七坐了这么久，不听话的腰好像已经不是他自己的。

伸手将郑国仲扶起的那一刻，田小七不免想起遥远的一幕。他记得多年前就在郑云锦要被送去宫中的那一天，当她撩起长裙踩上马车时，一个刻意的回头让她整个身子差点儿就摔了出去。然后少年的郑国仲很及时地将她扶住，他搀着郑云锦的手说，进宫以后的路，走慢一点儿，站要站稳，走要走好。田小七还记得，那天自己就藏在人群中，他抓了一截木炭，蹲在地上泪水涟涟地望着马车的远去，在石板路上画出了几个歪歪斜斜的字，那是郑云锦几天前刚教会他的一句诗：相见时难别亦难。

2

甘左严一个人离开月镇，又一个人回到京城，他总是一个人，随同肩上扛着的一把长刀。这一次，甘左严连挂在腰间的那个银酒壶也不见了。那天，他在月镇被水冲垮的地道里找了很久，最终将那只被砸扁的酒壶和阿庆埋在了一起。他在心里对躺在土中的阿庆说，要是真能淹在水里不再醒来，那也还是不错的。

回京城后，甘左严先去了一趟风尘里的打铁铺，那里的掌柜王老铁不仅打铁，还用烧红过的针头帮人文身。王老铁一拉风箱，煤洞一样的铺子里除了烧熟冒烟的铁石味，还翻卷着刺青的药水味，他还养了几只红睛白羽的鸽子。甘左严那天将一把铜钱扔在了王老铁的桌板上，说，掌柜的想必也能洗文身。王老铁从火星四射的铁墩上抬起头，擦了一把汗，笑了。他说文身之人，生不怕京兆尹，死不畏阎罗王。兄弟既然文了身，又何必要洗去？

甘左严又扔下一把铜钱，等它们落定后说，到底能不能洗？

能洗。王老铁从金矿一样耀眼的炉膛里抽出一把烧红的铁铲说，只要把这个盖上去，等皮肉烧熟了，就什么文身也没有了。

甘左严走到火炉前坐定，帮王老铁拉了一把风箱，脱去衣裳挺起硬突突的胳膊，睁着眼说，那就开始吧。

王老铁浑浊的汗即刻冒了出来，他本来是想要吓一吓甘左严的，现在他觉得刚才是不是有什么地方出错了。然后等看清楚甘左严那块淡青色的月亮文身时，他后退了两步，像是被烫到了似的，扔下抖在手里的铁铲说，你就是送给我一百个胆子，我也还是不敢下手。

这时候，走进来两个横七竖八的年轻人，一进门就扬言说要放王老铁的血。王老铁拉开脸皮笑了，他说两位兄弟，今天有的是血。又对甘左严轻声说，刚才的话当我没说，等下一起吃炖鸽子。

甘左严望着年轻人，看见他们抖开一张纸，里头画了一只仰天尖叫的狼头。他后来离开打铁铺时，走到半路又折了回去，推开王老铁那扇烫焦的木门，看见地上躺了两只被拧断脖子的鸽子，王老铁正蘸着鸽子血在一个年轻人的臂膀上文那只狼头。另外的年轻人笑了，他示意甘左严别出声，又凑到他耳根前说，你刚才把一堆万通历宝忘在这里了，我就猜到你会回来取。一门心思文身的王老铁还是将头抬了起来，他看见甘左严愣了一下，然后过去抓起挂在墙上的一个银酒壶，说那些铜钱就买这个新酒壶吧。王老铁挥挥手，什么也没说，又把头低了下去。

甘左严围着文身的年轻人来回转了一圈时，王老铁已经文出了狼嘴里的两颗白牙。甘左严说，听口音，这两位兄弟好像不是本地人。

我们是南方的，离这里远呢。年轻人说。

甘左严有点儿纳闷，他说，可是我听你们南方行医的说，鸽子血文身有毒。

王老铁又将头抬了起来，听见说话的年轻人笑眯眯地说，大夫的话不能不听，但也不能全听。

甘左严仔细望了一眼年轻人，点点头，提起酒壶又走了出去。

3

田小七带着唐胭脂、刘一刀和土拔枪枪回到吉祥孤儿院时，角落里的那盏油灯突然亮了起来。马候炮的声音就是在这时候响起：小铜锣，你们给我死过来。

马候炮坐在那只从来没人敢动的油光发亮的木箱子上，她原本叼在嘴里的烟杆突然就敲打在了田小七的头上，说话像雷声一样滚动了过来：你们几个，死哪儿去了？田小七很快跪了下去，又慌里慌张地摸出那袋金豆子，将它轻放在马候炮的箱子上说，人无横财不发，马无夜草不肥。嬷嬷，我们去挖金子了。

你们的夜草就是去偷吗？马候炮嘴里的浓烟喷在了田小七的脸上。她记得就在小铜锣他们突然离开京城的当天夜里，自己的床头竟然多出了一把沉甸甸的银子。马候炮那时长长地叹了口气，她看见自己的四个战死辽东战场的战友就恍然站在院子里，在月色下对她惨然地笑。当年她女扮男装代兄参军，一晃十多年过去了。马候炮摸索着走到那排灵位前，点了几炷香，转头看见吉祥张着一双能够穿透暗夜的眼，用哑语对她说，嬷嬷，我听见哥哥他们没有出什么事。他们现在正骑马跑在路上，身上都是汗。

吉祥这天还是带上心爱的豹猫追风去顶小铜锣的班，去打更。回到孤儿院附近的时候，他抽了抽鼻子，猛地转身，就看到了刚从福建回来的田小七。追风蹿上田小七肩头，用它毛糙的舌头舔了舔田小七的脸。吉祥扑到田小七的怀里，无邪地哭了，在擦干眼泪之前，他用哑语说，哥哥，我闻到有孩子要出生了。这时候隔壁的一间房子里果然传出一阵新生婴儿的啼哭声，就在夜空中生机盎然地冲撞着。吉祥擦去眼泪，比画起手指说，哥哥，我早知道你就是鬼脚遁师田小七，但我没有告诉嬷嬷。

第二天早上，马候炮烧了四碗热气腾腾的面条，她看田小七他们四个生龙活虎地趴在一张小方桌上吃着，一下子觉得自己现在已经老得只剩下回忆。兄弟四人中，马候炮认为自己最对不起的是土拔枪枪。在最初的那间破庙里，土拔枪枪曾经饿得昏死了过去。马候炮那时实在找不出吃的，她真希望自己身上能挤出一碗奶水。可是她这辈子连男人都没有过，怎么能够挤出一滴奶？她后来往土拔枪枪的嘴里塞进了一把土，土拔枪枪咳嗽了两声，堵在喉咙里的土便叫他窒息了过去。马候炮看见土拔枪枪额头上青筋暴涨，一张脸肿得跟充水的猪肝似的。从那以后，醒过来的土拔枪枪就再也没有长过个子，他就像一块顽固不化的石头。

4

欢乐坊里的掌柜无恙目光如电，她整个人就像一只刚刚熟透
的青苹果，泛着青光光的植物浆气息。她穿着一件麻布长裙，头
上跟了一群萤火虫。一转眼看到好久没有见到的小铜锣时，无恙
顺着楼梯扶手滑了下来，脸上笑成一朵刚刚开放的花。无恙斜着
眼睛说，会打更会打酒的小铜锣。

田小七认真地说，我最近不打更了。那你这是来打酒？田小
七又认真地说，其实我最近一直在打人。你知道一个叫李舜臣的
人吗？不知道。他怎么了？田小七还是十分认真地说，他是朝鲜
的战神，我一直很崇拜他。田小七这天是和程青一起，带着千田
薰和他的使团团长中山幸之助来欢乐坊喝酒消遣的。作为日本九
州的太宰府太宰少监，走进欢乐坊的那一刻，中山幸之助的眼睛
顿时不够用了。他惊奇地看着眼前海水般拥挤的人群，四处张望

时竟然一头撞到了千田薰的身上。他被掌柜无恙的美貌惊呆了，指着无恙对千田薰叽里哇啦地叫喊了一通。无恙开心地笑了，怔怔地对田小七说，怎么，这位说鸟语的不是本地人？

赌徒郝富贵就是在这时大摇大摆地走了进来，他甩着自己仅剩的一只手，抓举着荷包中气十足地大喊一声，富贵在天，输赢靠边。人群于是给这个老赌棍让出一条道。然后他跳起身子，对着一个角落兴奋地喊起，章台兄，是不是等我很久了？

无恙走到田小七身边，看了一眼春小九说，今天我真高兴。又将怀里的酒缸递给了田小七，说，酒是你的，尽管喝，以后什么都是你的。田小七笑了一下，他将那酒缸里的酒倒入了自己胸前挂着的用麻线穿着的木碗中，放开喉咙喝了一口。然后他看到无恙一把扯开春小九，身子一提便跃到了弹性十足的舞台上。她甩出袖子里的木棒，将羊皮大锣敲得跟过节一样欢快。田小七发现，跳起舞的无恙比春小九还要疯狂，她舞动四肢，像是要把所有的手脚都给抛了出去。

程青一连喝了五碗海半仙同山烧，但他认为台上跳舞的无恙根本没有停下来的意思，所以他对千田薰说，我突然想吃鱼。

程青一口气跑到风尘里街区附近那条狭窄的溪水里，他知道那里有许多从护城河游过来的鱼。但是等他把一水桶的鱼送到无恙面前时，无恙说，还不赶紧拿你得赏来的金子请大家喝酒？程青觉得无恙简直就是天上地下什么都知道，于是干脆喷出一口酒气，鼓起勇气说，无恙我最近一直在想你。

无恙看着水桶里那些目瞪口呆的鱼，对田小七说，打酒的，你要不要吃鱼？

田小七笑了。事实上，无恙刚才跳舞时，田小七从她踩出的步点以及敲打出的鼓点里，已经收到一则信息：田小七，总有一天我要你死到我的面前来。那时，无恙的一双眼始终坚定地望着田小七，仿佛已经把他连皮带骨地看穿。

那天的后来，欢乐坊决定摆一场盛大的鱼宴。田小七推开程青，将起袖子对着人群大喊一声，我小铜锣今天请大家吃酒。无恙的脸上又笑出了一朵花，她喊着说，我决定，今晚的海半仙同山烧可以卖两坛。

中山幸之助和千田薰随即望见无恙用半人高的长刀切开那些淡水鱼，它们很快被红烧和清蒸，以及和豆腐烧在了一起。这时候，鱼香满屋的欢乐坊突然传来一声尖叫，是那个倒霉催的郝富贵又赌输了，他举起长刀，就要砍去自己的一条腿。但是柳章台捡起刀鞘，轻轻地挡了过去，他叹了一口气说，郝富贵你要再这样老是在自己身上砍来砍去，咱们以后就做不成朋友了。

千田薰看着这一切，拨弄起筷子吟出了深思熟虑的俳句。他对田小七说，人间春色竞三月，欢乐坊里销万金。

甘左严是在鱼宴行将结束时来到欢乐坊的。他一点儿都不声张，一个人静静走向角落，好像坐下去的只是谁也不认识的一缕风。直到程青他们扶着喝醉的中山幸之助走出门口时，他才站到了春小九面前。春小九几乎要叫出声来，很久以后，她才喜极而泣，并且张口在甘左严的肩上重重地咬了下去。甘左严给自己新买的银酒壶装满酒，喝下一口说，小九，能不能为我跳一支舞？春小九顿时泪眼滂沱地笑了，她抬手打出一个清脆的响指，云南乐师的蛇皮鼓便噼噼啪啪地响了起来。

还未等乐曲结束，春小九就从舞台上翻跳了下来。甘左严一把将她细得像柳枝的腰揽住，听见她说，我就知道你会抱住我。

这天，春小九没有再嚷嚷着让甘左严娶她。她只是扔出一个骰子说，我们来比大小，我输了就亲你一口，你输了也顺便亲我一口。甘左严不得不笑了，他说，小九你这样下去，以后一定会后悔的。

甘左严后来向春小九打听一种文身，他说那是一匹引颈长啸的狼，露出两颗白牙。春小九很快想起刚才的那个日本人，那人喝多了酒以后，手臂上的红色狼头就一下子浮现了出来。

你说的那是日本使团，他们打仗打怕了，过来找皇帝议和。甘左严说。

找皇帝议和需要跟卖布的商人眉来眼去吗？春小九说，我都看见了。

又说，既然不玩骰子，那就陪我喝酒，我认得那个布商。

甘左严喝了很多的酒。离开欢乐坊的时候，他走得跌跌撞撞的，把洒出来的一壶酒溅在了两名巡夜的锦衣卫身上。锦衣卫一把抓住甘左严，要他把飞鱼服上的那些酒给舔了。甘左严看见另外一个锦衣卫正在大口大口地咬着生萝卜，他转过头说，小旗大人，把你的手拿开。锦衣卫听言，猛地用力，一把就扯破了甘左严的衣裳。他睁大了眼睛，盯着甘左严身上那块淡青色的月亮文身，惊喜地对旁边的锦衣卫叫了一句，总旗大人，我们追查到了朝廷要犯满月教。

甘左严瞬间听到了绣春刀出鞘的声音，抬头看了一眼月光，他才有点儿无奈地说，叫你们的千户大人程青来见我。可是话没说完，两把绣春刀已经冷冰冰地削了过来。

欢乐坊的乐曲声没有停，喝酒的人也没有停。柳章台扶着哭哭啼啼的郝富贵走出门口时，伤心的郝富贵却突然举起那个空荡荡的荷包，嘴里叫了一声：你看，那边有人打架。

5

郑国仲已经连续好多天没有见到皇帝的踪影，他想皇帝可能是把议和使团的那帮人给忘了。那天，他终于带上田小七去了一趟皇帝的豹房，那时，西华门外的春天已经很完整了，非常饱满的碧绿，就那样奢侈地在他眼里铺展了开去。

田小七记得刘一刀曾经跟他说过，西苑豹房的饲养师每天都要采购无数的羊肉和猪肉。他们腰间挂了豹字牌，在市场里非常挑剔地走来走去。据说豹房里养了七只土豹，每天光羊肉就要吃二十一斤。还有三只老虎和三只狐狸，它们需要羊肉三十六斤。另外的五十三只御马监狗，每天各供应连皮带骨的猪肉一斤。此外，那里还有一大群鸽子，它们吃的是绿豆和粟谷。

田小七很快就听到这些动物粗重的呼吸声，作为皇帝驯养的宠物，它们根本就没把他和郑国仲放在眼里。

皇帝斜靠在那张铺着花纹毛皮的龙椅上，他刚刚和郑贵妃在豹房看了一场精彩的斗鸡，打一个悠长的哈欠时，一声汹涌的豹叫声就远远地传了过来。皇帝朝地上的鸽子撒了一把绿豆，看了一眼跪在地上的田小七说，你肯定就是小铜锣。田小七把头低了下去，有那么一刻，他始终盯着郑贵妃的脚尖，看见她长及拖地的绣锦裙子下面，一只油光发亮的鸽子耸着脑袋钻了出来。

田小七知道，郑云锦那裙子上面，绣着的是一只五彩的凤凰。

郑国仲在寒暄过后提起了中山幸之助，他说那帮日本人几次三番说想一睹皇上的龙颜，可是在福建遇袭的时候，他们把带来的那些奇珍异宝的贡品给弄丢了。

皇帝叹了口气，望着郑贵妃说，这帮人真是扫兴。他并没有去看郑国仲递上的议和折子，只是知道了那是千田薰花了两个晚上用中文写成的。他说反正有的是时间，就让他们先在会同馆里住着吧。

田小七将头抬了起来，看了一眼皇上和郑贵妃，说，使团人员一路上都很安分守己，我想他们热爱大明江山，并没有忘记自己一直是皇上的臣民。

郑国仲深深地看着田小七，听见皇帝开心地笑了。皇帝说，郑郎中你选小铜锣去福建是选对了。你看，他很懂事。懂事很重要。郑国仲也跟着笑了起来，他说原本就是这么一回事，他们和我们一样，都是皇上和天朝的臣民，没有什么区别。这时候，田小七看见一群鸽子飞扬了起来，一个锦衣少年随即奔跑过来，对着郑贵妃叫了一声母亲。郑贵妃牵起儿子的手，望着郑国仲说，还不快叫舅舅。福王朱常洵作了一个揖，对着郑国仲叫了一声舅舅。然后他看着田小七说，母亲，那这一位我该怎么称呼？田小七看见郑贵妃的脸有点儿凌乱，但只是一瞬间。我是郎中大人府上的家丁。田小七说。你不像是家丁。朱常洵说。那你觉得他应该是什么？万历皇帝把身子探了过去。他是父皇手下的锦衣卫，他身上有腰牌。朱常洵想了想，又说，可是我记得你是个打更的，我好像在哪里见过你。孩儿不要造次，你怎么可能见过他打更？郑贵妃拉了一把朱常洵，她知道儿子的这句话令郑国仲和田小七都猝不及防。朱常洵想了想，笑了，他对着朱翊钧说，父皇难道忘了，我们在风尘里见过他打更。朱翊钧愣了一下，又笑起来说，不许你拿父皇的客人开玩笑，我又什么时候带你去过风尘里了？

朱常洵把头低了下去，对着郑贵妃做了一个鬼脸。郑国仲和田小七同时看见，郑云锦此时缓缓地舒了一口气。

田小七后来望着走远的朱常洵，他想，福王的身上会不会也有一块胎斑？然后他被自己的这个想法吓了一跳。

这天的后来，皇上意味深长地跟郑国仲说了一句：郎中在百忙之中也不要放松了对满月教的追剿。田小七看着低头应诺的郑国仲，他觉得有些事情自己一时还不能想明白。

6

甘左严其实没想闯祸，但他那天还是把两个锦衣卫收拾得遍体鳞伤满地找牙。

程青看着两个丧家犬一样的手下，听见他们说那个胡子拉碴的刀客是刚从福建混进京城来的满月教。程青给了他们每人一个嘴巴。但是他在心里想，福建水师的人怎么一个个都这么嚣张，以为当过海军就十分了不起？他吩咐身边的一帮总旗：你们一个个都打起精神来，这个姓甘的隐藏得很深，他把我也给骗了。

7

甘左严第二天就盯上了丁山。从位于风尘里街区的丽春院开始，他一路跟随这个浙江临海的布商来到了铁狮子胡同。在此之前，他看见丁山扛着一匹布先去了澄清坊大街的方向，但那个叫千田薰的日本翻译却碰巧从会同馆里走了出来。甘左严于是只得转身买了一串糖葫芦，他不想跟文绉绉的诗人有什么交往。虽然已经剃光了胡子，但甘左严还是担心千田薰或是丁山能认出他来。程青手下的一帮锦衣卫正在四处搜寻他，他们的手上都提着自己的一张画像。

甘左严咬下一颗糖葫芦的时候，听见千田薰向丁山打听去月坛应该怎么走。丁山放下布匹，和他聊了几句。

在铁狮子胡同，甘左严看见丁山在一棵槐树下站定。还没等丁山敲门，一个弓着腰背的老头就吱呀一声打开门将他迎了进去，甘左严没能看清那张开门的脸。

令甘左严困惑的是，那天在打铁铺里，那两个找王老铁文身的年轻人怎么就把铜钱上直读的万历通宝念成了旋读的万通历宝？这个世界竟然有人如此不怕掉脑袋，皮痒得直接拿皇上的万历年号开玩笑？所以他又问了一句有关医生的话题，但那两个自称是南方人的却将医生叫作了大夫，甘左严就此确定他们是瞎编的，因为南方人向来只管医生叫郎中。甘左严于是对狼头文身产生了浓厚的兴趣。春小九说得没错，因为中山幸之助那天喝了不少酒，所以原本不易被人察觉的鸽子血文身就会渐渐浮现出来。

那天，田小七跟郑国仲一同去了议和使团下榻的会同馆，那是他第一次穿上崭新挺括的飞鱼服。手缓缓地按向腰间的绣春刀的时候，田小七想起了自己曾经当兵而且战死的父亲，所以他的步子迈得有点儿快。

中山幸之助他们都去了月坛，议和使团人员里只留下了一个千田薰。千田薰站在一棵樱花树下，身上还沾留着这个清晨的露水，他看上去像是一棵远渡重洋的植物。

郑国仲是过来向使团通报，皇上邀请他们参加几天后的阅兵庆典。千田薰喜悦得手舞足蹈，他觉得在这新世纪的开启年，皇上是得好好庆祝一番。他告诉郑国仲，中山团长他们去月坛，是为了给日本岛民的祖先祈福。他们这次之所以舍近求远，选择在福州上岸，就是听说那里的先民在出生时，身上都有一块胎斑，而且左脸的颧骨处有一条骨缝，这全是日本族人的特征。千田薰还说，看来他们最早的祖先很有可能就是从福州那边漂洋过海，然后去到日本岛上蓬勃生发的。

田小七一直盯着千田薰，他觉得有点儿透不过气，攥在手里的刀柄被捏出了一团汗水。

千田薰却只顾看着低头沉思的郑国仲，他说，郎中大人是不是有点儿不舒服？要不要进去喝口茶，我们可以多聊一会儿。

郑国仲觉得千田薰似乎还有话要说。果然，他后来睁着迷蒙的眼问田小七，这里安全吗？千田薰像是被福建之行给吓坏了，说是在会同馆的门口看见有人监视他，那人的身影甚至有点儿眼熟，他可能在月镇里见过。

如果没有记错的话，千田薰接着说，田小七，那人是你战友，我就担心他是藏得更深的满月教，他们存心想破坏我们的议和。

郑国仲看着有点儿惊慌的千田薰，摇摇头笑了。

8

没有人会想到，会同馆的确就在当晚出事了。在与一名深夜闯入的刺客决斗时，中山幸之助被切断了喉管。现场留下的唯一线索就是一个银酒壶，底座上嵌了一个"王"字。

被窝里的王老铁很快就被锦衣卫揪到了程青的面前。他只穿了一件内裤，抖着身子比画来比画去，最终忽然指着程青桌上的一张画像说，千户大人，就是他。我那里还有他留下的一堆铜钱，我这就回去给你取。

程青拍了一下桌板说，王老铁，你收了一堆杀人犯的钱。王老铁哇的一声叫了出来，两个膝盖顿时跪了下去。

田小七奉郑国仲之命赶到会同馆时，程青正要下令全城追杀甘左严。他说事实已经很明朗，现场的酒壶就是最好的证明。甘左严想在中日之间再次挑发一场战争，只有这样，这些叛乱分子才有可乘之隙。

田小七倒了一杯酒，给程青送了过去。程青的视线从浑浊的酒里抬起，缓缓地移到田小七脸上。田小七说，千户大人，让我来试试，我一定帮你找到甘左严。

你这次又准备将他从哪个地道里给挖出来？程青说，不用我提醒你，他可是满月教，你让我怎么相信你能找到他？

田小七就将端在手里的酒放了下去，眼睛盯着程青一字一顿地说，谁敢在案情查清之前杀他，我就杀谁。但是一旦证据确凿证明甘左严犯下滔天大罪，那么我一定杀了他！

田小七刚刚说完，就听见千田薰在隔壁房间里传来嘤嘤的哭泣声。

9

这天，等少年更夫吉祥敲过了三更的锣声，豹猫追风就从他的肩上笔直蹿了出去。吉祥提着灯笼一直追赶到了西直门外的那片墓地里，他眼看着追风披了一身月色，缓缓走向那块墓碑。

追风是一只记忆超群的豹猫，它不会忘了这里葬着自己最初的主人。

事实上，追风来自遥远的浡泥国。两年前的秋季，它跟随主人——浡泥国祭祀团的队医登上了一艘驶往明朝的大船。很久之前的永乐年间，浡泥国国王麻那惹加那乃率王妃和子女等泛海而来京师朝贡，却在到达后的一个月忽然病故。此后，浡泥国不时就会有祭祀团前来明朝吊唁。而追风的主人就是在前来祭祀期间不幸染上天花，死在了会同馆里，尸首就葬在了西直门外。

追风在那块墓碑前停下，眼里藏了无数的忧愁。它走了几步，又贴着墓碑躺下，似乎又回到了曾经主人的怀里。

那天，露宿在墓地里的甘左严顺着一盏灯笼烛火的方向，见到了一只疲倦的猫和它年少的主人。吉祥站在一片青草地中，湿润的眼里似乎沾上了两滴露珠，他说：我，闻到，死的，气息。

甘左严转头看了一眼墓地，说这里到处都是死人，当然就是死的气息。我说的，是刚刚，死去的人。吉祥说，他被，切断了，喉管。甘左严诧异地望着这个少年和他手里打更的灯笼，又听见他断断续续地说，我还见到，不久前，被你剪断，的胡子。

10

　　春小九那天在七棵树胡同第七棵树的树洞里收到一枚金豆子。包金的香囊里藏了一张纸，写着对方想要知道的情报。无疑那枚金豆子就是预付的定金。打开纸条的那一刻，春小九愣住了，一个人在春风里站了很久。

　　当晚，田小七看见春小九在欢乐坊的木板上跳舞跳得有些三心二意，她一直盯着自己，有点儿走调的步点里传出的信息是：小铜锣你去找布商丁山，落脚丽春院。田小七想，春小九是已经猜出那是他给出的金豆子。但春小九的脚尖又加了一句：要是找不到甘左严，以后就别再来欢乐坊。春小九将眼里的泪花随同敲鼓的木棒一起甩向了整齐陈列着的锣鼓。鼓声终于越来越激越地响了起来。

　　无恙后来走到田小七跟前，低头说了一句，田小七你给我记牢了，不管怎样，你得好好地回来。田小七怔怔地看着无恙，又听见她说，敢闯风尘里？没有你想的那么简单。

唐胭脂和刘一刀来到丽春院时，见到的是刚被抬出来的丁山的尸体。穿得跟孔雀一样的老鸨扇着手里的一片丝巾说，这人要是晦气了，喝酒也能把自己给醉死。

唐胭脂在老鸨扇出的那阵浓重而恶俗的香风里闻到了一丝气息，他说，你们的八枝姑娘住在哪里？

老鸨提着掩在嘴角的绿色丝巾，两只眼睛歪斜地望向唐胭脂，她看上去有点儿痴呆。

现在是春天，可是这具尸体身上却有石榴味。石榴汁和捣碎的石榴皮做的香粉，我只卖给过你们丽春院的八枝。唐胭脂说。老鸨又愣了一下，最后扯着喉咙叫了一声，八枝。

闺房里，八枝扑簌的眼泪如同她亲手掰落下来的几滴粉红石榴，她对田小七和刘一刀抽抽搭搭地说，丁山这天中午出门见过了一个名叫来凤的姑娘，回来时就着一碗带回来的西施舌连着喝了三壶酒。田小七看着桌上的一堆蛏子脆壳，知道这些蛏子就是八枝说的西施舌。然后他终于想起，那天在月镇的悬祥客栈里，程青给他上了一锅水煮蛏子的时候，来凤正在柜台里拨弄着算盘，她在给另外一桌的小胡子结账。而那个小胡子可以肯定就是丁山，现在他已经死去。

月镇的悬祥客栈，看来是藏了太多的渊源。

田小七剥开一只凉掉的西施舌，拿出一根银针插了进去。西施舌的两只触角似乎疼痛得抖动了一下，然后就有一截墨水一样的黑色顺着银针爬了上来。那一刻，田小七觉得有三个人的名字突然在自己的脑子里碰撞，它们分别是：丁山、来凤以及甘左严，因为他们那天同时出现在悬祥客栈。

八枝后来告诉田小七，丁山每隔一段时间就会来一趟京城。他把丽春院当客栈住，过几天就抱着一团布去铁狮子胡同卖钱，回来以后就富得冒油。

他的布都是卖给谁？田小七问。

官爷，原谅我不敢说。八枝战战兢兢地望着田小七崭新的飞鱼服。田小七看见她脸上的脂粉已经被眼泪打湿，看上去像一朵破败的凤仙花。

田小七弹走飞鱼服上的一粒灰尘，说，要不我带你去北镇抚司的诏狱里说？

11

甘左严靠着那块墓碑，手抚豹猫追风身上细柔的体毛。他看见追风的一双绿眼紧盯着落在头顶松树上的一只乌鸦。乌鸦有点儿急躁，在树枝间不停地蹿跳，它不能确定是否还要继续刚才的叫唤。

此时，甘左严并不知道丁山已经死去。那天他跟随丁山来到铁狮子胡同后，没过多久，门里就走出了自己非常熟悉的礼部郎中郑国仲。郑国仲回头，对送他出门的人躬身叫了一声父亲。

甘左严记得，那天夜里，丁山又去了一次澄清坊大街。这一次，他直接走进了会同馆里中山幸之助的房间，两人对着油灯摊开一张图纸。等中山幸之助送丁山离开后，甘左严潜入了那间房，但是还没等他看清那张图，他便听见身后房门合上的声音。中山幸之助朝着那盏油灯伸了伸手，说，你还可以多看几眼，不然这辈子就没有时间了。令甘左严惊奇的是，这个日本男人原来根本不需要翻译，他竟然能讲一口流利的汉语。

甘左严，我已等候你多时，看来你知道得太多了。中山幸之助取下挂在墙头的一把长刀，捏住刀柄说，我只是好奇，你怎么就盯上了丁山？

中山幸之助死在自己的狂妄里。被切开喉管前的一刹那，他终于知道，刀术一流的自己并不是甘左严的对手。在这异国他乡，他最后看到的一幕，是甘左严卷走了桌上的那张图，然后像一幅画一样飘了出去。

甘左严在墓地里展开那张图，看见的是一张阅兵观礼仪式的座次表。头顶的月光让他很安静，他几乎没有察觉，有人已经提着灯笼向他走来。

千田薰像一株被大雪压弯的竹子，站在郑国仲的面前泪水涟涟。他没想到此次议和之行竟然如此凶险，在经历了福建的被绑架之后，自己那天在田小七面前的担心又一语成谶：这里安全吗？千田薰向郑国仲哭诉，因为听说能参加大明朝的阅兵观礼，可怜的中山幸之助兴奋得一夜无眠。他还希望能尽早收到万历皇帝的议和回折，那样的话，使团就能圆满地返回日本了。

可是现在，千田薰接着说，团长他回不去了。

郑国仲在千田薰的声音里久久地望着窗外,他觉得有很多事情都藏在那片无尽的夜色里。会同馆里的空气变得有点儿诡异,几乎要让他打出一连串的喷嚏。

程青就是在这时闯了进来,他看了一眼独自抹泪的千田薰,然后告诉郑国仲,凶手就是田小七说过的甘左严,他曾经找过王老铁想洗去满月教的文身。郑国仲将头转了过来,眼里似乎在说,还有呢?

千田薰在程青的眼神里退了出去,他后来在窗外依稀听见,程青又对郑国仲提起了一种鸽子血的文身。接着往下说。郑国仲的声音压得很低。程青从怀里摸出一张油黑的文身图,说,就是这样一颗狼头。过了很久,他才又细细地说,最近还有一个人,找王老铁做了同样的文身。是谁?是您父亲郑太傅身边的随从,元规。程青的声音有点儿飘,他看见郑国仲猛地将头抬了起来。

12

　　田小七走得很急，他正在赶往郎中府的路上。有件事情，他必须禀报郑国仲：妓女八枝告诉他，丁山每次都扛着布匹去了郑太傅的家。他看了一眼头顶的北斗七星，那段修长的勺柄清凉地指向东边朝阳门外日坛的方向。他知道，春天还远未结束，所以夜里还会有点儿冷。这时候，弟弟吉祥猛地冲到了他眼前。

　　吉祥手里拿着两个朝天椒，送到田小七的眼前后，他用哑语说：他是好人，他在西直门外的墓地里等你。

　　田小七随即就跟着吉祥的灯笼冲了出去。

13

郑太傅的书房里点了一排青铜座的油灯，他刚用淡墨画了一幅山水图，但只是看了几眼，便没有心情用那些赭石粉调成的颜料去给这幅山水图上色。他坐到椅子上，忧心忡忡地望着腿上挤成一团的青筋，感觉听见了陈年的木板在烈火中燃烧的声音。

阿苏就站在他身后，手里拿着一把宽阔的木梳子，她开始梳理起太傅头上那些灰白的长发。太傅伸出一只手，揽过阿苏的腰，将她按坐到了自己的腿上。阿苏并没有颤抖。她看着郑太傅将另一只手落到了自己的胸上，然后郑太傅说，都做干净了吗？没有绝对的干净，那里还有一窝妓女。不能让她们都死。知道富贵险中求吗？死有什么可怕？每个人生下来的时候，就注定都有死的一天。

可是阿大，我杀不了那么多的人。也下不去手。

没有什么事情是下不去手的。郑太傅的声音十分坚硬，他那只老气横秋的手已经找准方向，伸进了阿苏被解开的衣衫里。

阿苏闭上了眼睛。每一次，她都感觉太傅风干的手爪像是要吸走她身上所有的水分。窗外隐隐的火光亮了起来，郑太傅眼看着阿苏被映照通红的脸，忍不住笑了。他说，你听到刀子的声音了吗？他们在互相残杀。

阿苏感觉太傅的手还在行走，然后太傅又说，来凤，往后你要好自为之。

阿苏在一片晕眩中咬着牙关想起了许多年前的一幕。她记得那是郑太傅前往福建巡查的时候，将自己从捉拿走私犯的锦衣卫手里救了出来，并且帮她开了一家悬祥客栈。那时候，她还是叫来凤。后来太傅派人将她接进了京城，然后又送她去郑贵妃那里当了贴身侍女。进宫之前，郑太傅说，从今往后，你的名字叫作阿苏。你以后在皇宫里听到的，事无巨细，都要第一时间告诉我。阿苏虔诚地点头，她看见太傅的儿子郑国仲正从窗外的一片阳光下经过。如此优雅的一个男子，她此前在福建从来就没有见到过。

门被推了开来，那是区伯。阿苏将敞开来的胸裹紧，感觉太傅的手像一条毛糙的水蛇那样从衣衫里游了出去。区伯闪了闪眼，说，府上的护卫已经死了一大半，他们就快要顶不住了。

　　郑太傅望向堆在墙角处的那一捆捆布匹。他想，如果不是因为那个可恨的丁山，这里现在怎么可能会成了一片火场，所有的一切都将付之一炬。他还记得丁山第一次跟在区伯身后来到府上的情景。那天，丁山扛了一捆绿色的布匹。从门廊那边走来时，一路上丁山的眼珠东张西望的，他看上去就是牵在区伯手里的一只鹦鹉。

　　多么荒唐的绿色，郑太傅沮丧地叹了口气。从椅子上站起，撩了一把长发后，他又问区伯，元规在哪里？

　　区伯说，别再磨蹭了，赶紧吧。

14

　　田小七赶到墓地时，不小心踩上了一条四脚蛇。月光下，它满是鳞片的身躯油滑得像是一条刚上岸的鱼。田小七将脚松开，四脚蛇回头看了一眼留在草地上被踩断的半截尾巴，甩甩身子钻进一个敞开的墓穴中。

　　但是田小七没有见到甘左严，他只是听见豹猫追风在那块墓碑前低吼了一声，然后它站起身子抖了抖，回到吉祥的脚下。田小七看见，豹猫刚才蹲坐的泥地上，写了六个字：郑太傅，风尘里。

　　月光清冷，田小七觉得墓地像死去一般的安静，他能听见身边那片草地的呼吸声。

　　吉祥对他点了点头。

15

郑国仲站在窗前，摩挲着手里那把蒙古短刀。他就那样一声不吭地站着，病夫觉得，郎中大人几乎把窗外的夜色给引了进来。

就在刚才，郑国仲问了一回病夫，是否有了甘左严的消息？病夫白净的脸摇晃得像一张纸。

到底是哪里出了问题？郑国仲想。程青交出的那张狼头文身图，当时令他着实吸了一口冷气。他曾经在兵部的情报案牍里见过这图案，那是丰臣秀吉手下一帮死士的身份特征。可是那个战争狂人早就死在了第二次征战朝鲜的路上，那么这远道而来的文身，为何现在却出现在了京城，而且会在元规的身上？

病夫养的夜莺在竹林中叫了一声，这让郑国仲突然就想起了在父亲府上见过的那个油滑的布商。他被自己突然从脑海里冒出的想法惊呆了。

事实上，甘左严也没能想明白问题出在哪里。照常理，他从福建回来后，就该在适当的时间赶往郑国仲处，可是接二连三发生的事情却一再修改着他的计划。为了洗去当初能够靠近蛇熊的文身，他已经走过了好多个方向不明的路口。每一次，他都觉得有新的情况要向郑国仲禀报。可是当他回想起丁山曾经熟门熟路地进入郑太傅的府上时，他觉得一切都重新变得扑朔迷离，他甚至没有勇气就这样去见郑国仲。

和田小七在福建的相逢，是甘左严第二次奉郑国仲之命去月镇。上次离开月镇回京城的时候，郑国仲告诉他，从潜伏各地的锦衣卫反馈回来的消息看，满月教的源头势力的确就在兴化府那一带。满月教的反叛经费就来自海通帮的走私。甘左严正要抱拳告退时，却听见郑国仲说，即刻回去月镇，一直到满月教剿灭的那天再回来见我。哪里有反叛，哪里就应该有你甘左严。甘左严觉得郑国仲的声音变得很遥远。然后郑国仲又说，我很了解福建巡抚金学曾，这个钱塘人在种植番薯给当地灾民充饥救命方面有一套，至于对付海通帮，他不如你。

甘左严暗自笑了。他一直佩服国舅爷的口才，每次都能把动听的话说得跟一朵花一样，但也只是停留在含苞欲放的状态。他觉得自己就是郑国仲手里的那把蒙古短刀，总是能插在国舅爷最希望出现的地方。郑国仲又说，甘左严你不要怪我，你的命运就是如此。你就是一把孤独的刀，一把谁也猜不出主人的刀。

可是现在，甘左严却感觉，自己的刀尖似乎正要去挑开的，却是郑国仲的父亲郑太傅家的门闩。

16

　　田小七急着想见郑国仲一面，他认为郑郎中肯定有什么事情隐瞒着，至少他没有理由不知道甘左严的去向。但是敲开门后，病夫却对他细细地说，主人去了他父亲那里，走得很急。

　　病夫此前刚尝了一口药粉，送田小七到门口的时候，他舔了舔嘴角问田小七，田七粉的味道是不是苦的，然后又慢慢地甜起来？田小七将迈出去的一只脚收回，转头说，看来你的舌头现在没问题了。

　　病夫笑着说，我喜欢世上有本事的人。我还记得你救过一对双胞胎。

　　一切的结果，都远超出了郑国仲的想象。父亲的宅子，已经被熊熊的烈火所淹没。

　　那是一场真正的洗劫，大火烧得肆无忌惮，四周的空气像是被抽干了。除了颤颤巍巍的区伯，所有的护卫和家丁都被屠杀。血，流成一条河。

区伯像一片快要离开枝头的树叶，他趴在一具尸体旁，不愿相信这就是被烧焦的主人。郑太傅的一张脸几乎被劈烂，两条腿差不多烧成了木炭。

闻讯赶来的郑太傅的义女郑贵妃瞬间晕倒了过去。这让刚刚抵达的田小七异常难过，他突然有一种不祥的预感，生怕他心心念念那么多年的郑云锦就此落下一身大病。这时候，他的整个胃都痛了起来。

田小七后来突然看见一名跑过来陪在郑贵妃身边的侍女。她来不及躲闪，一张脸竟然和来凤长得一模一样。田小七想都没想，就说，我好像认得你，在月镇的悬祥客栈我见过你。

侍女用颤抖的声音说，田百户我听不懂你在说什么。

你应该早就认识丁山。他是一个卖布的，被人用西施舌毒死了。

侍女就没有再去看田小七一眼，她搂着郑贵妃，对走上前来的郑国仲说，谢天谢地，贵妃她总算醒来了。都怪我刚才没在身边。

田小七这才发现，郑云锦睁开的眼此时正凄楚地望着自己。

他瞬间忘记了来凤以及丁山，如释重负地笑了。又忍不住说了一句：别来无恙？

郑贵妃的两滴眼泪随即就掉了下来。

令郑国仲惊奇的是，他后来找遍了现场，却怎么也没有发现元规的尸体。而当他走到父亲的尸体旁边时，站在那里的田小七却突然问了一句，郎中能确定这是太傅大人吗？郑国仲死死地盯着田小七，他掰开父亲的一双手，顿时发现手掌上却没有老茧。他记得父亲是那样地热衷于修剪园林，手指间早已被那把粗糙的剪刀磨出一层厚厚的老茧。郑国仲的眼里绽放出一道光，但这丝喜悦又迅速被一团升起的迷雾盖住。这时候，田小七又直截了当地说，郎中大人为何一直隐瞒着甘左严的北斗门身份？

郑国仲将头转了过来，说，你比程青厉害。我问你，这一切你是怎么知道的？

甘左严给我留了一句话，总共六个字。又画了北斗七星。

哪六个字？

郑太傅，风尘里。

你觉得为什么会是风尘里？

王老铁的打铁铺和八枝的丽春院都在风尘里。风尘里就在德胜门外，出了京城的城墙，那片天地鱼龙混杂泥沙俱下，五城兵马司疏于管理也就易于隐藏。

郑国仲无声地望向那片夜空，很久以后才说，接下去该怎么做？

通知锦衣卫指挥使骆思恭，秘密封锁风尘里，不露声色地搜寻元规。还要告知程青，即刻停止缉拿甘左严。田小七说，甘左严现在腹背受敌，我能想象，他很辛苦。

郑国仲目光深刻地望向田小七的飞鱼服，声音安静地说，可以稍微慢一点儿，先去一趟乾清宫，找皇上。

万历皇帝朱翊钧这回还真的就在乾清宫，他好像突然想念起了久未打理的朝政。田小七的眼里掠过汉白玉石的台基，掠过琉璃瓦铺盖的重檐殿顶，又掠过愁眉苦脸的太监，最终他在宽大的令人惊叹的宫室里，看见万历皇帝正在玩一把纯金打造的短枪。那是由三名顶级军火工匠刚刚呈送上的。皇帝笑呵呵地把枪顶在了郑国仲胸口，说，你怕不怕走火？

不怕。

为何不怕？皇帝有点儿沮丧。

我本来就须为君王而死，有什么可怕。

又是你父亲的口气。难怪他们说文章如虎豹，斑斑在儿孙。要我说，很简单，就是父子都是同一个窑里烧出来的。

田小七紧张地望向郑国仲，他觉得皇帝这是话里有话。但郑国仲却说，我这里正有父亲郑太傅的事情要向皇上禀报。

皇帝抬了抬手，他说，郑贵妃已经告诉我了。节哀吧，我们注定会有仇人。

那天，意大利的耶稣会传教士利玛窦刚好又向皇帝进贡了一台西洋自鸣钟，他有一个充满唐诗气息的中国名字叫西江。当自鸣钟被束手无策地抬进殿里的时候，那家伙当的一声响了一下。皇帝被吓了一跳，他充满好奇地望着这口镀金铁钟，然后问田小七，你觉得这声音怎么样？

田小七想都没想就说，不怎么样，不如敲更的梆子。

真没出息。你们两个不用禀报了，该干吗干吗去。朕困了。万历皇帝回到龙椅上打了一个哈欠，又忽然站起说，你们说，阅兵现场要是先来一场斗鸡表演怎么样？田小七和郑国仲怔怔地站着，看见皇帝一下子变得很兴奋，还说你们都可以下注，到时候看我的眼色行事。

17

田小七这天直接就去找了郑贵妃，他觉得无论如何，来凤这条线不能断。

阿苏站到贵妃身后，身子有点儿抖，她望了田小七一眼说，娘娘，我该去给你熬药了。这时候田小七就突然想起来凤甩出的那一把算盘珠子。

阿苏，你给我跪下。郑贵妃说。

阿苏终于仔细地跪了下去，她说娘娘，我最恨阿大。说完，嘴角冒出一摊血。

她咬舌自尽了。

锦衣卫指挥使骆思恭派去风尘里的便衣一个都没回来，这让他很伤脑筋，因为自己还指望他们回来盯着阅兵礼上的安保工作。

两天后，欢乐坊的一个店小二失踪了，无恙带着春小九直接闯进了丽春院。她说要是找到这个私下偷腥的，非扒了他的厚脸皮不可。老鸨这时叉开双手从楼梯上挡了过来，说无恙姑娘，都是街坊邻居做生意的，欢乐坊已经够欢乐了，你们家小二怎么就能看得上我们这里的庸脂俗粉。无恙顿时就不开心了，她说你这老孔雀指桑骂槐的，我们欢乐坊从来都是只卖酒不卖身。

卖身怎么了？皇帝有说不让卖身吗？

两个人吵吵嚷嚷对骂起来的时候，一个女人就从楼上飞了下来。春小九向后跃出两步，却看见那人是身子着地的，砸在鹅卵石面上缓慢地吐出一口血，就那样死了过去。

是八枝，春小九对着无恙叫了一声。

丽春院顿时乱成一片。春小九看见无恙身子一提，直接落到了楼上那扇敞开的房门前，然后又冲了进去。她随即听见好几把长刀拔出的锵唧声。

老鸨急忙掩上的门被撞开，一群提刀的锦衣卫如洪水一般冲了进来。此时，披头散发的郝富贵推开一扇窗，样子很狼狈地跳了出去。春小九看见郝富贵那截空空的衣袖在窗口飞扬了一阵子，然后像一只蝴蝶一样被人提走了。

18

郑太傅的确没有死，他被人藏在王老铁的打铁铺里，正对着后院两只咕咕叫唤的鸽子发呆。这么多年，他一直坚持吃素，对养生家高濂的《遵生八笺》也颇有心得，可是元规刚才却给他端来了一盘生鱼片。郑太傅淌下两滴老泪，说，我只想喝一碗酸梅汤，他们骗了我太多。

郝富贵这时整理着头发走了进来，他提了一壶酒，说，太傅这就是一场赌博，你要是赢了，数不尽的荣华富贵。

郑太傅鄙夷地望着缺了一条胳膊的郝富贵，说，我只要郑贵妃母子平安，朱常洵能当太子。

说来说去，还是赌博。一旦下注，哪里能收得住？不听使唤的手就变成不是你自己的。郝富贵晃荡起衣袖，看见元规知趣地退了出去。元规那只硬邦邦的脚，看上去十分好笑。

郑太傅想起，那年郝富贵带着区伯来到自家院子时，也是这么笑眯眯的样子。那时区伯的腰差不多就要弯到尘埃里，他说自己是郑贵妃的亲人，很想在太傅家中找个差事。太傅觉得郝富贵是赌输了想来骗钱，但区伯脸朝着一排春天的冬青，微微地笑了，他说，太傅大人还记得那位云游四方的满落大师吗？你那年带走了郑云锦，结果我把整个京城都给找遍了。也多亏了富贵兄弟，是他向我指明了云锦在您的府上。

区伯于是就这么留了下来。

几年后，郑云锦真的就成了皇帝最为宠爱的妃子，连儿子都长大了。那年，万历皇帝初次派兵入朝抗倭。七月的一天，区伯突然耸着歪斜的肩膀走到郑太傅跟前，说，太傅知道援朝的祖承训将军带了多少兵马去收复平壤吗？

郑太傅正在修剪枝叶，提起的剪刀张开在半空中，他以为自己听错了，那是军中何等的机密。可是区伯将那句话重复了一次，又慢条斯理地说，我们在前方的将士很需要这个情报。你要是不说，郑府上下，保不定接下去会有多惨。

区伯说完，将头埋得更低了。仿佛这个驼背的老人不是在同郑太傅说话，而是在对脚下的一只高贵的蚂蚁说话。

那天，阳光压得很低。郑太傅头顶的云层挤在一起，被风推着走。

郑太傅听见区伯的声音像一团扯开来的棉絮。区伯说，你可能还不知道，郑云锦是我们日本人。可惜她如今坏了你们大明汉室的血统，别说国本之争，恐怕连自身都难保，而且罪该诛九族。郑太傅听完，感觉瘀结在腿上的青筋突然被人扎了一刀，然后它们像抱成一团的蚯蚓，缓缓蠕动了一下，仿佛要撑破皮层露出可怕的真相。举在手里的剪刀慌张地掉了下去，郑太傅却没有察觉，那刀尖正好扎在了自己的脚背上。

许多个日子以后，郑太傅知道，那一次，辽东副总兵祖承训在平壤城内遭遇了日军的诱敌埋伏。倭寇对军情了如指掌。明军慌不择路，大败，一夜溃退好几十里，阵亡者上千。郑太傅那天提起那把巨大的剪刀，笔直冲到茅房里，即刻就想把蹲着身子的区伯给剪成两断。区伯蹲在那里，将脑袋歪斜着，指指自己的脖子说，太傅这是想要剪断外孙的太子之路吗？如果是，来吧！然后他掩上鼻子笑了，说，太傅觉不觉得这里有点儿臭？

郑太傅最后拖着那把巨大的剪刀，沮丧地往后退了几步。他突然觉得，自己竟然被家里的一个门子牢牢地控制了。

议和使团舍近求远选择去福建登陆，是太傅告诉的区伯，消息是郑贵妃身边的阿苏提供的。使团被绑架时，太傅又让阿苏回了一趟月镇。中山幸之助手里的阅兵观礼座次表，是区伯逼着太傅交出，让丁山藏在布匹里送过去的。区伯跟太傅说，中山幸之助是被逼迫着来议和的，他想在阅兵现场当着众多国家使节的面闹出点儿花样，让万历皇帝出出丑。而现在丁山被甘左严追踪，中山幸之助死于非命，区伯就说，太傅你现在很危险，都得听我的，咱们先灭了丁山，然后再把这里给烧了，你出去避避风头。等你回来，你那宝贝外孙就是太子了。

太傅说，我去避风头，朝廷和锦衣卫就不会找我吗？

区伯冷笑了一声说，你可以假死。

郑太傅就这样被劫持到了王老铁的打铁铺，他现在才知道，连元规也是被区伯给收买了。而家里那个烧成焦炭的自己，则是区伯找来的另一具尸体。为了不让人识出面容，区伯将那张陌生的脸砍得一团模糊。而为了不让人发现郑太傅腿上蚯蚓一样暴突的青筋，照样把两条腿都烧成了木炭。

丽春院里的王老铁从椅子上猛地站起。刚才，他正要一刀砍了坏事的八枝姑娘，可是趁着楼下突如其来的一场吵闹，八枝却撞开房门直接从楼顶跳了下去。一瞬间，欢乐坊的掌柜无恙又冲了进来。王老铁于是拔出刀，抽了抽鼻子说，在风尘里混了这么多年，一直没机会闻到无恙姑娘身上的香。可惜只能闻一次，欢乐坊以后不会再有老板娘了。

王老铁的身后，走出那两个当初找他文身的年轻人，他们那时刚从日本过来，还没来得及了解一下大明王朝的铜钱，所以连铜钱上的字也读成了万通历宝。年轻人虎着脸，叽里哇啦地用日语叫了一通，无羔笑着说，原来这里还真的就有这么多的外地人。

让你认识一下真正的风尘里。王老铁磨着牙根说完，看见春小九又奔了过来，他眯起一双眼，觉得今天真是艳福不浅。但是春小九手上提了两把刀，王老铁于是知道，楼下一定已经有几名弟兄死在了这女人的手里。原来春小九不仅仅会跳舞。

王老铁来风尘里打铁已经十多年，此前他在日本九州岛的海边捕鱼，直到有个叫丰臣秀吉的人找到他，给了他一堆难以想象的银子。丰臣秀吉那天盯着他粗壮的臂膀说，你可以去一个地方打铁。那时候王老铁还不叫王老铁，但他说话的声音始终像一块铁。他说请太阁殿下给我一个理由。丰臣秀吉甩出一只手，像是撒出去了一把渔网，他说，用不了多少年，那个国家的海就全是你的。王老铁于是带着一群陌生的孩子上了一条摇摇晃晃的渔船。来到京城时，面对那么宽阔的街道，和他一样远道而来的骆驼，人声鼎沸的酒楼，北海边放风筝以及踢毽子的孩子，跑来跑去的马车以及车厢里谈天说笑的红男绿女，总之是充斥在眼里的各种活色生香，他惊呆了，对着身边那群鼻涕流淌的孩子说，太阁殿下有眼光，我们来对了。那时，王老铁嘴里说的，已经不是日语，而是一口流利的中文。

王老铁后来果真在风尘里开了一间打铁铺，叮叮当当的敲铁声中，那些流鼻涕的孩子长高了，他们开始遍布风尘里的各家店铺，有的甚至在朝廷里谋得了一官半职。可是有一天，王老铁却把铁锤砸在了自己的膝盖上，进来的郝富贵用日语告诉他，丰臣秀吉死了。王老铁那时想，太阁殿下派出的军队其实离自己已经很近了，只要一举拿下朝鲜，辽东收入囊中也是一件并不太难的事了。

现在，王老铁看着自己的手下和无恙、春小九她们打成一片，他想，那个叫德川家康的男人真是吃错药了，怎么一上台就会想到和这帮人议和？他们那么富有，手上的疆域和阳光一样辽阔，要什么有什么，却总是不愿意分一点儿给日本。照这样下去，自己这么多年花下的心血都要被倒进风尘里的臭水沟了。

楼下的锦衣卫已经被他手下杀得差不多了，无恙和春小九还这么能打。王老铁决定上去给她们最后一击，因为离皇帝的阅兵时间已经越来越近了。此时又有另一帮人冲了上来，他听见无恙欢快地叫了一声，田小七，终于等到你了。不打更，不打酒，赶快打人。

事实上，无恙过来丽春院，就是田小七让她来打探虚实的。欢乐坊根本就没有走失店小二。

王老铁大叫一声，迎着土拔枪枪冲了过去，身上攒满了打铁的力气。刀片砍上土拔枪枪的铁锹时，火星四射，脚底的一块地板被他踩成两段。土拔枪枪擦了一把嘴角，说，王老铁，你这手艺没得说，铁锹很管用。王老铁后来使出了滚龙绞，但已经很有经验的土拔枪枪却不慌不忙地举起两片铁锹，将他迎头砸了下去。王老铁盯着自己铁匠铺里卖出的那两把铁锹，正要起身时，看见土拔枪枪举起它们朝着自己的喉管切了过来。这回，他觉得自己已经没有办法躲得过去了。

田小七带着无恙和春小九奔到丽春院的门口，他们看见风尘里的四周已经烧起一场熊熊大火。绵延的火是从欢乐坊的酒窖里冒出来的，它们一片欢腾，似乎决定要烧它个三天三夜。眼前更近的门外，一帮卷起袖子的黑衣人就像奔涌过来的一场洪水，他们肯定是喝足了欢乐坊的海半仙同山烧酒，手臂上爬满了暗红色的狼头，一个个都露出两颗白牙。

无恙走上前，紧紧抓住田小七的手，她说，咱们从这里冲出去，以后另外再盖一座欢乐坊。你什么都不用干，只负责吃酒。

无恙这么说着的时候，眼里都是喜悦，可是春小九却在这时流出两行泪，她说，田小七我同你说过，没有找到甘左严就不要来见我。无恙把手轻轻落在春小九的肩上，春小九靠到无恙的怀里，淌着泪说，田小七你快告诉我，甘左严他到底喜不喜欢我？

田小七望着春小九，说，甘左严一直是我战友，我不会丢下他。说完他在对面黑压压的人群中看见一个驼背的身影，那人盯着自己的脚尖，吐出一口浓痰说，一个也别想走，风尘里我说了算。

他就是区伯。

19

　　身穿红盔青甲的指挥使骆思恭行走在两排金盔锦衣卫的中间，锦衣卫的金盔上缀满了铜甲泡。因为听说福王朱常洵也要来参观阅兵礼，指挥使骆思恭这天索性把儿子骆养性也给带上了，他希望两个少年能有机会成为朋友。不过刚才有件事情令他哭笑不得，手下的程青程千户告诉他，万历皇帝决定在阅兵之前先来一场斗鸡表演，两只红冠公鸡已经在从皇家豹房那边送过来的路上。骆思恭略加掩饰地叹了一口气，他觉得这个昏庸的皇帝做出的事怎么都跟儿戏一样的，然后有点儿不悦地抬起头说，皇上的事情你怎么比我还清楚？程青笑了笑，送给骆养性一串糖葫芦，他看见那帮锦衣卫百户和总旗此时都在交头接耳，似乎忙着在兜里掏银子，准备在红冠公鸡头上赌一把。程青即刻勒令了一声，都给我打起精神来！但他也发现，有一个陌生的小旗却不为之所动，他一直盯着红毯铺就的路的尽头，那是皇上的马车队伍即将过来的方向。

这时候，满身铠甲的礼仪队首先开了过来，那些侍卫官头上戴了凤翅盔，铠甲的色彩也是异常鲜艳。程青看见他们举在手上的兵器都明亮又锋利，在阳光下闪着金光和银光。

闻风而动的京城百姓早已在栅栏外围得水泄不通，他们庆幸能有这样一次亲眼目睹朝廷阅兵的机会。所谓名头响亮的神机营以及虎蹲炮，那是需要多借一双眼睛来一饱眼福的。

甘左严就藏在这拥挤的人海中，他并不知道锦衣卫已经放弃了对他的追捕。此时，他看见连崇国寺的住持也赶过来了，住持一身金黄，频频对身边的百姓说，兵者，不祥之器也。甘左严掏出那张座次表，对着远处的观礼台翘首看了很久，感觉头顶的阳光像潮水一样淹了过来，所以他推开人群以及数着念珠的住持，想要看清田小七他们现在是在哪里。他想，这可能会是一次不简单的阅兵。

20

马候炮正在吉祥孤儿院里给她收养的那些更小的孤儿们洗澡。她手抓一只猪毛刷，在一个个孤儿的身上没有方向地刷来刷去。孤儿们觉得皮肉很痒，一个个欢笑地露出歪歪斜斜的牙齿，他们看见木桶里的热水在春天微凉的空气里频频摇晃，而嬷嬷烟斗里的火星也跟随着一明一灭。

望着风尘里街区那边升腾起的烟雾，马候炮后来开始感到有点儿不安。终于，她看见吉祥出现在门口的一堆光线里，两只孤单的眼蓄满了泪水。吉祥说，嬷嬷，哥哥。嬷嬷，哥哥。

马候炮丢下猪毛刷，不再理会热气腾腾中那群还没有洗干净的孩子，反身回到屋子里。她猛地拍开那只磨得锃亮的木箱子，嘴里说，生死有命。因为身子发胖，所以她蹲下去的样子有些吃力。她从箱子里拿出一只斗笠盔，又拿出一件硬盔皮布罩甲，然后拿出斜纹布护腰，拿出蓝色制式战袍，拿出铆钉战靴，最后才拿出了一把雁翎刀。马候炮缓缓转过身来，慢慢抽刀出鞘，轻微的金属声响过以后，一缕反光灼伤了吉祥的眼。那时，马候炮感觉自己又成了一名英姿勃发代兄参战的勇士，能听到辽东战场上战马嘶鸣的声音。几乎只是一瞬间，马候炮穿戴齐整，站到吉祥面前像刀牌步兵那样笑了一下说，吉祥，嬷嬷是不是很威风？

吉祥说，嬷嬷，不要去。随即吉祥的眼泪就慢慢地流了下来。

马候炮看着能闻出生死气息的吉祥，从他的眼泪里她便什么都明白了。她的声音变得低沉而且暗淡，说，生死有命。想想我那些兄弟，他们都是壮士，死在战场上又有什么可怕？

又说，吉祥，你给我看好木桶里的那些弟弟。

提着雁翎刀，马候炮猛地踢开一个脚盆，在吉祥眼里威风凛凛地冲了出去。

那天的风尘里，区伯从站成石头堆一样的黑衣人群中走出，手里提了一根油迹斑斑的牛皮鞭子。他说，一个也别想走，风尘里我说了算。区伯弓着腰身，听上去气喘得很厉害，好像是已经死去的王老铁又活过来给他拉了一回风箱。

田小七却见到了追赶过来的嬷嬷，以及一路跟随她的吉祥和豹猫追风。烟尘里，嬷嬷一身戎装，如同一座防守严密的塔。而那时停在吉祥肩头的，却是一只绿色的螳螂。螳螂一动不动，顶起的触角蛰伏在光线里，和追风一样，它的神情充满忧伤。

区伯甩了一把鞭子，整个上半身便立了起来，指着吉祥说，打更的哑巴，我很早就认得你。说完，这个风尘里谁也没见过的掌鞭人就举起鞭子朝田小七迈近了一步。他甩出鞭子时，嘴里叫道，一敬日月天地，二敬列祖列宗。鞭子声里，石头堆一样的人群也黑压压地向前推进了一步。身后的火苗烧得更猛了。

我看见，海的那边，有你的，一座坟墓。吉祥说话时，豹猫张开爪子往前移动了两步，露出牙齿对着嚣张的区伯凶相毕露地吼了一声。区伯望着那一双绿眼，以及映照在绿色瞳仁里头的火光，觉得它不是一只猫，更有可能是一只豹。他又甩了一鞭，嘴里叫出一声，杀！杀！人群于是像一床一床从天空中掉落下的被子，朝着田小七他们覆盖了过去。

田小七疯了。

无恙和春小九疯了。

一片火海的风尘里全都疯了。

所有的兵器厮咬在一起，铁和铁猛烈地碰撞。马候炮仿佛又看见了当初血光绵延的辽东平叛战场，也听见了久违的厮杀声。然后她却见到无恙被刺了一刀，肩头被扎出一个洞来。无恙靠在田小七的背上，血缓慢地从她的肩窝涌了出来。马候炮大吼一声，连连出刀，即刻放倒两个对手。她提着雁翎刀冲到田小七跟前，说，你还不快带她走？！

田小七转身护住无恙，手里的绣春刀挥舞成能够抵挡住四周的铁桶。他看见无恙的脸已经变得有点儿苍白，但是无恙仍然笑着说，田小七，我没看错，你果真是个英雄！

田小七抱起无恙，想把她送到丽春院中厅里的那把椅子上。他胸前挂着的那只木碗硌痛了无恙，无恙笑着说，你可以抱一抱我，但是不要让我离开你。这时候，空中突然传来三声巨大的礼炮响。田小七转头望去，那正是月坛的方向。此时，人群中的区伯举起刀子，扯开嗓子又叫出几声：杀！杀！田小七于是猛然想起了皇帝，他记得甘左严跟吉祥说过，中山幸之助曾经带队去过月坛。像是突然醒过来一般，他觉得此时皇帝那边可能有深重的危险，也可能更需要他。冲进丽春院在那把椅子上放下无恙后，田小七如同洪峰中顶起的一截木头，纵身跃起，踩踏过交战的人群，朝着震撼的礼炮声笔直冲射了过去。

无恙望着田小七一截狂风一样的背影，捂住伤口慢慢地笑了。她记得自己刚才摘下胸前挂着的一串碧靛子，将它交到田小七的手里。她说，田小七，这串碧靛子能保佑平安。然后田小七紧紧抓住那把碧靛子，看了她一眼后便头也不回地冲了出去。现在，无恙终于流出两行泪，她又对自己说，田小七，你就是死也得死到我的面前来。

远远看到这一幕的马候炮冲出来，右手高举着雁翎刀，上前连连砍倒了两名对手。然后她看到有数名刀客在围攻唐胭脂的时候，又冲上前去砍翻一个，并为唐胭脂挡了一刀。那一刀很深地砍在她的脸上，让她觉得半边脸很凉快，也就是说差不多半边脸就没了。她打雷一样大声地叫着，妹妹，妹妹你快走。从今往后兄弟要齐心。然后她就听到刀片砍在她后背噗噗的声音，砍在她大腿上噗噗的声音。那时，她身边的刘一刀和土拔枪枪瞬间望见了冲天的血光，很像是刚用大嗓门打过雷的嬷嬷转眼泼出去了一层宽广又忧伤的晚霞。

马候炮仰天倒了下去，她眼睛里看到的风尘里一片通红。在优雅地喷出一口鲜血后，无数乱刀又在她身上纷纷扬扬地落了下来，她大喊一声，哈哈大笑：四位哥哥，我终于也死在战场上了，没给你们丢脸！生死有命！

这时候，大批禁卫军的脚步，正在向这边集结而来。

21

突然响起的三声礼炮吓住了皇帝带来的其中一只公鸡，它躲在笼子里把头藏了起来，这让站在一旁的郑国仲和骆思恭脸上有点儿挂不住。万历皇帝此时坐北朝南，眼上戴了一副叆叇，两块厚重的镜片看上去如同深黑色的云母。他用一段绫绢拴住叆叇的腿脚，一直绑到了脑后。

皇帝挥挥手，推推鼻梁上的叆叇，指着笼里的公鸡对大伙说，不急，咱们先等它一会儿。还没等他说完，观礼席中来自帖木儿国的使臣便带头笑了起来。郑国仲记得，那使臣曾经自称没有叩拜习俗而不愿在皇帝跟前下跪。皇帝远远地指着笑嘻嘻的帖木儿国使臣说，这位朋友，你敢不敢帮我给这只公鸡取个名字，等下我们一起下注？

帖木儿国使臣的脸顿时僵住了，他不知道接下去该怎么笑才好，所以皇帝说，看来你不敢，其实你胆子一直很小。说完皇帝叫人取来一块布条，说，既然这样，还是我自己来，然后他提笔在布条上龙飞凤舞地写了几个字，又命人将它绑在了那只公鸡的左腿上。皇帝蹲下以后拍拍公鸡的屁股，轻声说，去吧。公鸡这才抖了抖身子，朝着中场走去。

千田薰他们几个是最迟入场的，刚才在进口处，他被一名锦衣卫小旗给拦了下来，对方声称要再搜一回他的身。千田薰点头笑笑，双手很配合地平举起来，任凭小旗在他身上摸索了好一阵子，甚至还摸进了他的腰。这样的时间里，千田薰只看着头顶明晃晃的太阳。几天后，他在北镇抚司里跟询问他的骆思恭潦草地回忆了一把，他说自己其实认得这个冒充的锦衣卫小旗，那是郑太傅府上的家丁，叫元规。骆思恭听着听着就让手下给一字一句地记下了，他说接着说，好好说。

但是千田薰不想再说了，他觉得一双眼睛止不住地生疼。

现在，当郑国仲望向这边的时候，元规替千田薰整了整敞开的和服，又趁着给千田薰鞠躬的机会，把头低了下去，并且走到他身后。那时郑国仲只是看见千田薰踢踏着木屐，像一只跳动的蚂蚱一样找到自己的位子坐下。身边那个空着的座位，他知道原本是属于中山幸之助的。

皇帝在这时候朝千田薰挥了挥手，他说，喂，日本君，你来了这么多天还是迟到了，不过还来得及。

然后，只听见当的一声小锣敲响，两只怒目圆睁的公鸡便挤到了一起。千田薰觉得，这个乱糟糟的观礼场面，简直是堂堂大明朝的笑话。

郝富贵一到现场便被甘左严给盯上了。但是甘左严剃了胡子，所以郝富贵并没有注意到这个动不动就喜欢请人吃酒的酒鬼。郝富贵的衣袖在春风里晃来晃去，他觉得许多好时光已经在赶来的路上。皇帝那时看到了东张西望的郝富贵，他指着两只头顶在一起的公鸡，侧过身去问了一句坐在右边的郑贵妃，如果让你来押宝，你觉得它们谁能赢？

郑贵妃说，从来都是你赢。

一阵生动的鸡叫传来，斗鸡终于开始了，所有的眼睛都挤到了台上，空中很快飞起一片金黄的羽毛。两只公鸡上上下下地啄了一通，又来来回回地追赶了一通。没过多久，当初那只退缩的公鸡果真就败了下来，它被啄瞎了一只眼，往后退却的时候，几乎只能看见半个太阳。又是当的一声小锣响，斗鸡结束了。千田薰和在场的许多人似乎在恍惚中还没有看过瘾。

皇帝走下龙椅，抱起那只斗胜的公鸡，将它举到胸前亲了一口。他说，你们知道它叫什么名字吗？

全场一片惊愕。皇帝于是走到几个儿子面前，问，你们知道吗？

福王朱常洵举手，从位子上站起说，父皇，我知道。

那就说说看，皇帝笑呵呵地说。

它叫朱翊钧。朱常洵将捏起的拳头举了起来。

全场顿时安静得跟子夜一般，郑贵妃几乎在第一时间将手捂住了嘴巴。郑国仲看见，连头顶的一朵云也停了下来，遮住了半个太阳。然后皇帝的长子朱常洛抬头看了一眼依旧站立的朱常洵，惊讶的眼神里慢慢露出一丝幸灾乐祸。风，细细地吹着。

对，它就叫朱翊钧！皇帝很兴奋地叫了一声，将抱在怀里的那只公鸡朝着空中扔了出去，让它如同一只老鹰一般俯冲到了台前。郑国仲和郑贵妃都同时缓缓地舒了一口气，他们看见皇帝又乐呵呵地抓起朱常洵的手，提起那只尚未放开的拳头再次举了起来。

全场瞬间沸腾了，叫喊声此起彼伏，一浪高过一浪：皇帝威武！皇帝威武！

一场虚惊让郑国仲擦了一把汗，他看见郑贵妃正怔怔地望着自己。

不要急，皇帝抬手对四周的众人说，阅兵还没开始呢。然后他又指着台前的郑国仲说，郑郎中你过来，告诉他们那只斗败的公鸡是叫什么名字。

甘左严看见郝富贵惊奇地伸长了脖子。郝富贵这时候突然觉得，台上的那个身影有点儿眼熟，但是他想了很久也没想出什么名堂，倒是甘左严趁这当口朝他靠近了两步。甘左严的怀里藏了一把短刀。

侍从官解下公鸡左腿上的布条，将它举到了走上前来的郑国仲手里。郑国仲有点儿不解，他看了一眼布条，又回头无比诧异地望向皇帝，看见皇帝正朝着他笑。他知道，和台下的众人一样，程青和骆思恭他们此时也正急切地望着自己。

说吧，郑郎中。皇帝抬头，大半张脸都藏在他心爱的叆叇里。

郑国仲面朝南方，缓缓走到台前，展开那片布条，让它被风吹拂得如同一面袖珍的旗。他指着地上那只斗败的公鸡，大喊一声，皇帝说，它叫丰臣秀吉！

元规把头高高地抬了起来，他以为自己听错了，差点儿就笑了出来，又看见天空中所有的云都迅速往后退了回去。顷刻间，似乎阳光万丈。元规抓住绣春刀的刀柄，急急走向千田薰身边。

那时候的千田薰猛地从座位上站了起来，他傻傻地站着，一张脸似乎被细细的风给吹僵了。然后他看了一眼身后朝自己走来的元规，发现没有明白过来的人群仿佛是在一场尚未清醒的梦里。他于是即刻推开那把空椅子，扒开座位底下新鲜隆起的一堆土，又在那里气急败坏地掏出一把短枪，嘴里说不能再等了。千田薰站起身子，就要举起枪口瞄向台上的皇帝时，已经纵身跃起的元规迅速飞出一只脚，正好踢在了千田薰的脸上，千田薰扣动的扳机随即在地上炸响。元规落下身子，在一排日本使团人员跟前站定，拔出的绣春刀在阳光下闪闪发光。

田小七和唐胭脂就是在这时狂风一样地冲进了阅兵现场，他手上抓着一块镏金的令牌，听见元规对他叫出一声，上台保护皇上。田小七提腿跃起在半空的时候，深深地看了一眼元规，他还见到台下人群已经慌作了一团，有很多双陌生又杀气腾腾的眼。

郝富贵用肩膀撞开人群，从左手的空袖子里摸出一把枪，举到空中声音慌张地大叫一声，杀啊！杀！可是他随即感觉右手的手腕上一阵冰凉，原本举着短枪的手掌瞬间离开他飞了出去。他诧异地发现，自己眼前竟然站了一个刀光挥舞的甘左严。郝富贵很不相信地举起那只血流如注的手臂，大叫一声，我没有赌输怎么又少了一只手。

郝富贵看见了混进人群中的杀手，他们都是议和团的成员。

像一窝捅开的马蜂，他们撞开奔泻的人群，努力寻找目标。

田小七和唐胭脂紧紧地护着皇帝，以及他身边的皇后和郑贵妃。皇帝却一把推开田小七，说，你不用管我。他提着一把随身携带的金色的短枪，双眼放光，一改往日的疲倦和慵懒。他走到台前，告诉身边的田小七，什么场面我没见过，都不用慌。等到两个杀手气势汹汹地奔来时，皇帝不紧不慢地举起枪，砰砰两声，即刻就将他们放倒。他又朝着台下叫了一声，不怕死的，过来！

几名使团人员将元规团团围住，这让千田薰得以在混乱的人群中奔跑开来。事实上，千田薰是非常著名的枪手，而使团里的高桥一郎则是他的替补，他们的配合天衣无缝，一人填弹一人击发。千田薰后来终于遇见了赶过来的唐胭脂，唐胭脂对他笑了笑，头发一甩，一把钢针就准确无误地飞了出去。毫无防备的千田薰于是再也无法见到这一天的阳光和云彩，他只记得唐胭脂有点儿妩媚的笑容，以及突然多出来的均匀分布在脸上的一大把钢针。

此时，和田小七一起赶到的豹猫追风突然高高跃起，它从台下笔直冲向万历皇帝。皇帝盯着这只灵动凶猛的大猫，心想要将它收归到自己的豹房里，那将是多么美好的一件事。指挥锦衣卫迎战的指挥使骆思恭不明就里，急忙扔出一把刀子，扎向豹猫的时候，只听见叮的一声，田小七飞出的一把短刀和骆思恭的刀撞在了一起。几乎就在相同的时间里，豹猫叼走了台上一把椅子下暗藏着的，已经被点燃的一截火药，疯狂地奔跑开来。田小七望着像一道光线一般疾速远去的豹猫，闭上了眼睛。

一声巨响，烟雾散开后，可以看到豹猫从一堆烟雾中弹射着冲出，继续纵身在阅兵场上奔跑。田小七望着矫健的豹猫在纵横奔走，听见身后的皇帝说，这猫是英雄，我要册封它。这时候郑贵妃深深地看着田小七，她看到田小七胸前挂着一只她当年送他的木碗，木碗旁边奇怪地晃荡着一串碧靛子。这一刻站在自己面前的青年英雄，让她止不住想起十多年前赌馆里的那场火。

郝富贵不知所措地躺在地上，他被随后赶到的锦衣卫凶狠地砍去了双脚，他挣扎着抬头，发现剩下的自己已经成了一只血淋淋的粽子。他于是看见许多年前的一片海，他和弟弟千田薰在区伯的带领下上了一条摇晃的船。而就在不久前，同样是在这片海里，在区伯的设计下，千田薰带人截住了从东方驶来的德川议和使团的那艘船，他们把船上使团的人都给杀了，甚至是那个真正的团长——中山幸之助。当然，没有人能够想到，上岸的假使团后来却遭遇了海通帮也就是满月教的一场绑架。

郝富贵现在十分想念那片多年未见的海，以及为了成功扮演赌鬼，他那次在柳章台面前忍痛舍弃的胳膊。他想，如果不是因为兄弟千田薰那么容易被激怒，掉进了朱翊钧早就设置好的圈套里，行动的结果应该不至于如此。他们原本的打算，是在阅兵正式开始时，在轰天热闹的鼓乐声里，千田薰静静地抽出那把早已藏好的枪，然后平稳地扣动扳机。中山幸之助那天来月坛的时候，展开阅兵观礼图，踩着脚下的一块泥地对高桥一郎说，记住了，枪就埋在这里，我们的人会在上面盖上正好是写有我的名字的凳子。

郝富贵回想着这一切的时候，一场蓄谋已久的刺杀已经被抹平。皇帝慢吞吞地走到他跟前，摘下两块云母色的镜片，神情有点儿悲伤。他说，郝富贵，我决定不再和你做朋友了。地上的郝富贵这才发现，像一棵大树一样耸立在自己眼里的的确就是赌徒柳章台。而现在紧跟他身边的元规，那只脚其实方便得令人难以想象。他觉得叫作柳章台的万历皇帝实在太可怕，而一直待在郑太傅身边的元规，身上藏满了他随时都能打开的眼睛。

连郑国仲都直到现在才清楚，元规原来也是北斗门的其中一颗星。他想起皇帝那天吃着石榴告诉他，北斗门七颗星，你可以安排五颗，剩下的留给我自己来安排人员。这样的安排，不能让指挥使骆思恭知道。

这时候，走上前来的传教士利玛窦又给皇帝送上了一座小型的西洋钟，他想把它当作庆贺阅兵的礼物。田小七接过这件礼物，听见它当的一声响了一下，皇帝于是转头惊奇地问朱常洵：现在是几点？朱常洵看了一眼抱着西洋钟的田小七，一双眼透过镜面，对着那几根针想了想说，现在是下午三点。皇帝就笑了，摸着朱常洵的头说，你同我一样聪明。

那天的后来，皇帝一直牵着朱常洵的手，他说，你看外面的世界这么凶险，父皇真舍不得你离开京城。听见这席话的郑贵妃将头别转过去，她看着田小七的眼，两滴泪就掉了下来。又听见皇帝跟儿子说，既然这样，咱们是不是可以开始大张旗鼓地阅兵了？

田小七放下那只西洋钟，凝望了一眼郑贵妃，然后他想起了自己的嬷嬷，想起了火光熊熊的风尘里。而当他最后想起无恙时，已经开始跑动的双腿突然就奔闯得更加猛烈了。他抓住胸前那串茂盛的碧靛子，在心里说，无恙，我就是死也要死到你的面前。

22

　　甘左严再次和田小七并肩战斗在一起。此时驰援的第一梯队禁军，早已和风尘里区伯手下的刀手们混战在一起。田小七脚步匆忙地挥着绣春刀杀向一条小巷时，终于看到了火光中的驼背区伯，他现在看上去像一只被烤熟的乌龟。区伯手中握鞭，双眼暴出了眼眶，所有关节都肿胀变形。他已经跪死在了大街上，面向着日本国的方向。田小七看到刘一刀和土拔枪枪，从他的身边往前弹出去似的蹿到了区伯的身边。刘一刀手起刀落，一刀割下了区伯看上去小得有些滑稽的头颅。这时候病夫穿着一双拖鞋，穿着洁净的麻布衣裳，走到了那具没有头的尸体边上，发出了啧啧啧的声音。他无限忧伤地望着差不多已经烟消云散的风尘里，田小七他们都不知道的是，这一次，是他在区伯临死之前，把一粒"黑无常"拍进了区伯的嘴里。

刘一刀提着区伯的头，和土拔枪枪一起一阵风似的从田小七身边掠过了。他们奔跑的时候，土拔枪枪仍然和刘一刀热烈地讨论着怎么样让他的个子长高的话题。

火势汹涌的风尘里，春小九终于看见甘左严的身影时，忍不住喜极而泣，她擦了一把泪，却感觉后背突然有一把刀刺了进来。刀子从胸口抽回去的时候，春小九想起她一直想拥有的，南麂岛上一座会漏风的石头房子。

春小九顾不了那么多，她朝着欢乐坊一直烧个不停的酒窖奔去，四周依旧是一片燎原的厮杀声。刀一再遇见刀，晚霞中不断地有人倒下，一切似乎才刚刚开始。

掌柜无恙拖着受伤的身体，蹒跚地走出丽春院，和再次赶来的田小七一起冲进了相互绞杀的人群中，她就守护在田小七的背后，替田小七挡下了无数纷乱的刀子。她说田小七，这次我还是要和你在一起。但是无恙已经血肉模糊，田小七听见她说话的声音越来越微弱。

田小七后来越过一名锦衣卫被切成碎布条一样的飞鱼服，看见奔跑的春小九如同一只赤脚的兔子，从酒窖里回来的时候，她手上晃晃荡荡地提了一壶酒。春小九奔到甘左严身边，突然就无力地倒了下去。甘左严提着长刀，猛地飞出身子将她抱住，他发现春小九的身子以及春小九的气息和春小九刚刚流出的泪全是滚烫的。春小九提起那壶酒说，甘左严，这酒是热的。喝下它，再去杀一把。甘左严的眼泪终于涌了出来。他听见春小九说，甘左严你怎么哭了？你是从来不掉眼泪的。还有，你的胡子呢？

甘左严将那些酒全都倒进了嘴里，他说，小九，你后悔吗？

春小九躺在甘左严的怀里笑了，说，别说话，把酒香一直含在嘴里。又说，我是不是很美？你抱紧我一点儿，我不是一般地冷。

田小七看见一抹淡淡的夜色洒了下来，他回过身去，却发现无恙已经不见了。

马候炮躺在风尘里冰冷的土里，她像一匹体温尚存的老马，经历了长途跋涉后彻底把自己给累倒了。她看见吉祥的泪如同一条清澈的河，河里却倒映着自己鲜红色的血。这么多年，马候炮觉得自己真的太累了，在闭上眼睛之前，她听见了吉祥的哭声。吉祥说，嬷嬷，不要。嬷嬷，不要。马候炮疲倦地笑了一笑，说，愿你们吉祥。

刘一刀和土拔枪枪提着区伯满是血污的人头赶到，看见躺在地上的马候炮时，双腿一屈和田小七一起跪了下去。那时候，他们感觉眼前的嬷嬷是那么像自己死在辽东战场上的父亲。田小七满含着热泪，将绣春刀刺向空中，大叫一声，荡平风尘里！话音刚落，欢乐坊的酒窖里，又一把大火轰的一声燃烧了起来，火光再次映红有着无数秘密的风尘里。

那时候，远处的月坛，皇帝麾下的步兵师、骑兵师以及水师部队正踩着整齐的步阵，浩浩荡荡地从阅兵台前经过。龙旗招展，鼓乐齐鸣！皇帝望着眼前的一切，平静地说，我们不能忘了风尘里。站在身后的元规上前一步。元规说，皇上，田小七他们还在战斗。

万历皇帝抬起头来，喃喃地望着天空中一块洁白得像绵羊毛一样的云朵说，你们都是英雄。接着又说，一切都是朕最好的安排。

万历皇帝是在这天的二更时分带着朱常洵来到风尘里的，但他这次没有听见打更的声音。事实上，在此之前，他曾经无数次改头换面，化装成平民的样子，和朱常洵一起来过这里，也见到了打更的小铜锣。他后来还独自去了欢乐坊，并且记得无恙姑娘在柜台里说的那句话：章台柳章台柳，往日依依今在否？而现在，眼前的欢乐坊已经成了一堆滚烫的废墟。

元规带着万历皇帝一行，走向王老铁的打铁铺，可那里却又突然升腾起一场火，那是郑太傅自己烧起的。郑太傅望着浓烟中走来的皇帝和朱常洵，让那些火苗迅速地攀爬上自己的腿脚，然后在火海里安静地坐了下去，像是在一个曾经的午后，他喝下阿苏端上的一碗酸梅汤后，开始闭上眼睛修身养性。元规记得，这样的午后，郑太傅的一双手会落在阿苏的胸上，熟门熟路地解开她的衣裳。太傅就那样把整张脸埋了进去，虽然他十分清楚，阿苏的心里其实一直住着的是自己的儿子郑国仲，但这又能怎么样呢。元规还想起，那次日本议和使团上岸被绑架后，郑太傅让他去翊坤宫找了一回阿苏，为的就是让阿苏回一趟月镇，确保田小七他们救出中山幸之助和千田薰。当然，元规那时并不知道，中山幸之助已经是假的。他只是在夜里像一片冬青叶子那样离开铁狮子胡同，在豹房里跪见皇帝的时候，他才说起很多事情都很蹊跷。皇帝看着他若隐若现的鸽子血文身，说，记住你是一匹安静的狼，冷静潜伏。一切都不要声张。

最后皇帝又说，天下始终是朕的天下。

郑国仲并没有见到火中挣扎的父亲，他后来对皇帝说，原来皇上早就知道这一切。皇帝于是想起打铁铺的那场大火里，太傅腿上聚集缠绕的青筋被烧成了一大片焦红。他现在觉得很多东西都已经恍如隔世，就比如说许多年前的午后，太傅曾经捧着书本，站在自己眼前一字一句地讲课。

如果不是北斗门，我们不会赢得如此顺畅。郑国仲说完，终于向皇帝问起，北斗门的七名秘密成员，加上我和元规，一共也就只有六名。剩下的还有谁？

皇帝笑了。他说实话告诉你，我给自己也留了一块令牌。我喜欢加入北斗门。

那天，欢乐坊的火越烧越亢奋，燎原成整片的火海。田小七则像一头发疯的狮子，在灼热的气浪中，他找遍了整个风尘里，翻遍每一个角落，却再也没有见到无恙的影子。他突然觉得自己的整个心脏像一座空城，空落落地没有边际。这让他觉得心慌。一直等到两天后，大火烧尽，田小七还是在狂乱的风里一次次地叫喊无恙的名字，可是回应他的只有风尘里渐渐冷却的废墟。田小七找来吉祥，他想吉祥应该能够闻到无恙的气息。吉祥在废墟里站了很久，一言不发。他什么话都没有说，也没有用他的哑语，而是向田小七摇了摇头。田小七蓄在眼眶里的泪水，终于在吉祥的摇头中滚滚而下。他紧紧地咬住了自己的嘴唇，几乎在瞬间，他用自己的牙齿把嘴唇给咬穿了。

后来田小七在欢乐坊门口的石板路上，怅然若失地坐掉了很多的光阴。他离开的时候，在石板路上留下了一行孤单而瘦削的炭字，此情可待成追忆。

甘左严始终不愿将春小九在那个修长的土坑中埋下。泥土半湿，泛着新鲜的腥味，这让甘左严觉得这些春天的泥土，像是亲人一样的亲切。那天他用了很久的时间，才将那只酒壶从春小九的手里掰出，他眼前晃动着赤脚的春小九，活脱脱的一只兔子，从舞台上蹦了下来，落到自己的怀里。甘左严抱起不再滚烫的春小九，他说，小九你把眼睛睁开，我现在答应带你去南麂岛，去找一座会漏风的房子。

但是春小九没有理他，她小巧而性感的嘴唇惨白得没有一丝血色。

后来甘左严走到郑国仲跟前，苦笑了一下说，郎中大人，你看到了，这就是我甘左严一辈子的命。但郑国仲却仿佛没有听到他在说什么，而是说，京城所有的邪教余孽均被清除，满门血洗，今后不会再有满月教。从现在开始，甘左严你恢复身份，你就是堂堂正正的锦衣卫从五品副千户大人。这时候程青看了一眼他仕途上最强劲的对手甘左严，不满地将头转了过去。他刚才看见甘左严又长出了一把胡子，那几乎是一堆更加杂乱的野草。

一直到黄昏，夕阳像潮水一样漫过来的时候，甘左严才将春小九平稳地放在土坑中，并且在春小九的身上撒满了鲜花。甘左严没有来得及填土，他只是觉得需要躺下来，于是他俯卧在了春小九身上，眼泪不停地滴落在春小九的脸上。他紧紧地抱着春小九，仿佛要把春小九按进自己的身体里面去。那个孤独而美妙的土坑，很快就被漆黑的夜色淹没了。夜虫在这时候疯狂地鸣叫了起来，甘左严还听到了黑暗之中的风声，像是有人在哭。

福王朱常洵记得，那天的后来，父皇指着火星冷却的风尘里告诉他以及骆思恭的儿子骆养性：世间很凶险，人心隔肚皮，就比如郝富贵和王老铁。父皇还说，如果真的就有传教士利玛窦嘴里说的那个上帝，那上帝他为何不把人心直接装在胸膛外边？只要你手指一弹，人心就当的一声，我们就可以将它叫作当心。

可是朱常洵并不会想到，多年以后，他还是没能成为太子，倒是骆养性子承父业，成了锦衣卫的又一任指挥使。朱常洵那年最终不得不离开京城，前往自己的封地时，送行的母亲和父皇在秋风中落下两行不忍割舍的泪。因为在国本之争中败下阵来，母亲郑贵妃那时十分替他担心，怕他此去孤独落寞，失去宫中照应后就前途未卜生死难料。但父皇擦去泪水后就拍拍他的肩膀，叫他挺直了胸膛。父皇说，孩儿啊，你去吧，以后的路上没有什么可怕的。想想你和父皇一起经历过的，你就要勇敢。你要记得，我们甚至一起打败过一只目中无人的公鸡，它就叫"丰臣秀鸡"。

那时，朱常洵看着风中哭泣的母亲百感交集，又突然在父皇的玩笑话里破涕为笑。他于是想，此后的岁月，他和母亲及父皇都将是相见时难别亦难。

23

锦衣卫北镇抚司的诏狱里，粽子一样的郝富贵和千田薰以及高桥一郎一起，经受了锦衣卫漫长的酷刑。被锁上琵琶骨后，骆思恭异常耐心地询问千田薰，这一切从头至尾究竟是怎么发生的？千田薰一直回答得很坦然，直到说起自己其实认得那个冒充的锦衣卫，他以为元规是被区伯派过来配合这里的刺杀，所以他张开手臂接受安检时，还觉得元规可能会往他和服里塞进一把枪。骆思恭听着听着就笑了，他让手下给一字一句地记了下来。这时候，在阅兵现场厮杀时被唐胭脂的钢针扎穿眼球而失明的千田薰，感觉一双眼睛疼得不行。

骆思恭后来让手下将千田薰他们的皮肤用开水烫烂，然后把他们扔到皮床上，用尖利的铁刷子一缕一缕地刮走身上烂茄子一样的皮肤，直到最终露出浅紫色的骨头。站在一旁的程青说，看看你们的骨头还硬不硬？那时候，骆养性把眼睛给闭了起来，他说，父亲你们太残忍了，把他们的牙齿给敲碎就行了。参与审讯的郑国仲身边，病夫像鬼魅一样闪了出来。他也露出鄙夷的神色，不屑地说，野蛮。然后掏出几粒刚刚研配好的"黑无常"，将它们拍进了千田薰满是血污的嘴里。

郑国仲和郑贵妃并没有因为郑太傅一事而受牵连，相反，皇上还授予了太傅忠勇的谥号。当着郑国仲的面，皇帝问满脸诧异的田小七，还记得我说过的文章如虎豹，斑斑在儿孙吗？田小七不解地点头，听见皇帝又说，那你知道黄庭坚这诗接下去还有一句是什么吗？田小七不解地摇头。皇帝于是说，田小七你记住了：吏民欺公亦可忍，慎勿惊鱼使水浑。更何况太傅他不仅是我的老师，也还是郑贵妃和郑国仲的父亲。

那么，贵妃她……郑国仲忐忑地说。

皇帝抬起手，走下龙椅说，我知道你们在担心什么。东瀛一直是我们汉室的藩属国，那么郑贵妃的血难道就和你的血不一样？还有，中山幸之助和千田薰他们虽然都是假使团的成员，但德川家康的那纸议和书却是真的。我看过了，一笔汉字写得不错。

那时候，田小七差点儿就要在乾清宫里跪了下去。他听见皇帝又接着说，仇恨是没有尽头的。

24

　　一个月后，田小七和元规在山东沿海登上了一艘大船。按照万历皇帝的旨意，他们被派往日本，向德川家康通报使团遭遇丰臣秀吉残余势力剿杀的消息。田小七的怀里，藏了一封皇帝亲笔写下的议和回执。

　　刘一刀、唐胭脂和土拔枪枪也出现在码头上。他们浑身热气腾腾的样子，穿着挺括簇新的飞鱼服。土拔枪枪正在向唐胭脂抱怨着这套衣裳是天底下最糟糕的衣裳，是那么的不合身，而且他腰间挂着的那把绣春刀的刀鞘也毫无悬念地拖在了地上。田小七朝送别的人群挥手时，吉祥肩头的豹猫却突然纵出身子，义无反顾地冲上了海船。它后来静静地蛰伏在田小七的脚下，神情忧伤地望着海水对面的吉祥。它或许是以为，凡是大船，即将要驶往的一定是遥远的浡泥国。它太想要回到故乡了。

这个夜晚，吉祥院的木门吱呀一声打开了，吉祥手中提着梆子和一盏灯笼迈出了院门。他突然看到了不远处的前方，出现了满落大师。满落双掌合十，缓慢地行走着，像一片被风吹刮着的树叶。满落后来在灯笼的光晕里站定了，他笑了一下，吉祥也笑了一下。他绕了吉祥一周，认真地说，天注定，你就是个佛门中人。这时候吉祥突然之间泪如雨下，他把灯笼和梆子、铜锣扔在地上，用一双泪眼望着满落。

满落说，把眼泪擦干，这个世界没有那么多可以哭的事。

吉祥于是把眼泪擦干了。

满落说，走！

吉祥于是跟着满落大师向前走去。万历二十八年的一个深夜，有人看到一大一小两个人，双掌合十地穿过了黑夜。他们走向的地方，白茫茫的一片，像一道光。吉祥就这样消失了。

海阔洋洋的水面上，暮色深沉。底尖上阔、尾部高耸的海船昂首劈波斩浪时，田小七站在船头的夜风中，很自然地想起了不知去向的锦衣卫副千户大人甘左严。甘左严那次抱着冷却在怀里的春小九，走出京城一直向南。在埋葬了春小九以后，据说他真的就一路走向了遥远的温州南麂岛。田小七还想起，甘左严当年独自离开福建水师后，就知道小铜锣和驼龙他们会因为他没有保护好战友陈丑牛而恨他一辈子。果然没过多久，他就被兵部当作逃兵四处通缉。他于是留起了野草一样的胡子，让它们一个劲儿地任意生长。但是关于陈丑牛之死，甘左严一直不愿意去多想，虽然心底里，它们其实也一直在胡乱生长。事实上，那次的福建海滩，甘左严是为了挡住刺向小铜锣后背的一把倭刀，而放下了怀里紧紧保护着的陈丑牛，致使陈丑牛被敌人杀死。

田小七抚摸着挂在胸前的那串碧靛子，凝望头顶一览无遗的夜空时，无恙的身影便自然而然地出现在了眼里。在那阵海浪的拍打声中，他觉得自己从未像现在这样无边无际地思念着无恙。这时候，身边一声不吭的元规望着手里的北斗令牌笑了，他说没想到曾经名动京城的鬼脚遁师竟然如此一往情深，好比我们敬爱的万历皇帝，再怎么威风凛凛，心里也始终只装着郑贵妃。

田小七终于流下了两行热泪，他仿佛能听见自己在许多年前的赌馆里叫了郑云锦一声姐姐。然后郑云锦望着浓烟的方向，声嘶力竭地告诉他，起火了，跟着姐姐一起冲出去。再然后，郑云锦教这个弟弟用炭在地上写字，并且送给他一只木碗。现在，田小七好像已经冲出了众多纠结在一起的往事，但他还是一头撞进了对无恙的绵延不绝的思念中。

田小七再次抬头时，看见蓝色夜空中的北斗七星正闪闪发光，而由天权、玉衡、开阳以及瑶光这四颗星组成的勺柄正缓慢地移向记忆中的南方。他对已经熟睡过去的元规说，兄弟，你知不知道，火热的夏天就要到来了。等我们回去京城，皇帝迎接我们归来的街道上，就到处都挂满了火红的石榴。

这时候，异常清醒而冷静的豹猫对着遥远的海水悠长而低沉地吼了一声，它的声音像极了豹子。异国的海风正轻抚着它的体毛，它像是满腹心事，缓缓地走进了船舱里。

后 记

两年过去了。万历三十年的春天冷清中透出一丝热闹，河水渐暖。锦衣卫千户大人田小七在他的那匹枣红马上连打了三个喷嚏，他回头看了一眼身后晃晃悠悠的唐胭脂、刘一刀和土拔枪枪，十分担心春天令人昏睡的暖风会把他的这三位兄弟从马背上吹落。

这是辽东一个叫居就的地方，春天显然已经逼近了居就。

然后四匹马出现在一条叫"唐山海"的破败大街上。在这条平凡而落寞的大街上，田小七看到一名醉客坐在屋檐下的一张酒桌旁，默不作声地吃酒。阳光细碎，均匀地拍打醉客胡子上亮晶晶的酒水。在注视了很久以后，田小七脸上慢慢露出了笑容，他从马背上跳下来，手按着绣春刀的刀柄，大摇大摆地走过去，说，化成灰我也能认得你。

那个人就是甘左严。他的长刀胡乱地丢在桌面上，刀身上裹着一只麻袋。而他冷冷的眼神，从低垂的乱发中间穿越而过，落在了对面的酒楼上。那里的二楼窗口，站着一个女人。她是速把亥的孙女，速把亥曾经率军反叛明朝，结果和自己的兄弟炒花一起被辽东总兵李成梁斩杀。速把亥战死的地方，就在居就。而她的父亲把兔儿为了复仇，也被明将董一元击杀于襄平城外的一片树林里。

　　速把亥的孙女站在二楼窗口，她久久地望着对面楼下一名穿着飞鱼服的匀称男子，胸前挂着一串碧靛子。他正手按绣春刀的刀柄朝一名醉客走去，一些零碎的往事随即海市蜃楼一般浮现在眼前……

　　这时候一名随从匆匆上楼，轻声询问：杀不杀？

　　她的右眼皮跳了几下，突然想起两年前自己赤脚奔跑在欢乐坊时的情景。那时候她叫无恙，负责为速把亥在辽东的残部收集明军情报。无恙的目光慢慢上移，看到空中一只瘦弱而孤单的小鸟掠过。于是她对随从这样说：令人担心的寒潮，还是如期而至了。

图书在版编目（CIP）数据

风尘里／海飞著 . -- 北京：作家出版社，2024.8
ISBN 978 – 7 – 5212 – 2627 – 0

Ⅰ. ①风… Ⅱ. ①海… Ⅲ. ①长篇小说 – 中国 – 当代
Ⅳ. ①I247.5

中国国家版本馆 CIP 数据核字（2023）第 247203 号

风尘里

作　者：海　飞
封面题字：张立民
责任编辑：田小爽
装帧设计：unlook·广岛
出版发行：作家出版社有限公司
社　址：北京农展馆南里 10 号　　　邮　编：100125
电话传真：86 – 10 – 65067186（发行中心及邮购部）
　　　　　86 – 10 – 65004079（总编室）
E – mail: zuojia@zuojia. net. cn
http: // www. ZUOJIACHUBANSHE. com
印　刷：三河市紫恒印装有限公司
成品尺寸：145 × 210
字　数：113 千
印　张：7.125
版　次：2024 年 8 月第 1 版
印　次：2024 年 8 月第 1 次印刷
ISBN　978 – 7 – 5212 – 2627 – 0
定　价：52.00 元